〈대학10년〉

레저왕 https://brunch.co.kr/@glorywar

나에게는 평범한 일상 누군가에게는 특별해보이는 일상을 살아가는 34세의 청년

발 행 | 2022-07-06
저 자 | 레저왕
펴낸이 | 한건희
펴낸곳 | 주식회사 부크크
출판사등록 | 2014.07.15(제2014-16호)
주 소 | 서울 금천구 가산디지털1로 119, A동 305호
전 화 | 1670 - 8316
이메일 | info@bookk.co.kr
ISBN | 979-11-372-8832-4
본 책은 브런치 POD 출판물입니다.
https://brunch.co.kr

대학10년

레저왕 지음

CONTENT

프롤로그

나는 2008년부터 2018년까지 10년간 대학생활을 하였다. 내 20대를 대학생활과 함께 보내면서 나름 많은 노하우를 습득했다. 이 노하우는 지금 대학생이 되는 친구들에게 필요할 수도 필요하지 않을 수도 있다.

다만 이런식으로 대학생활을 한 사람이 있구나 이런 정보가 있구나 정도로만 참고를 하고 모티브가 되었으면 하는 바램이다. 난 절대 우등졸업생이 아니기 때문에 내가 했던 걸 따라한다고 해서 우등생은 되지 않을거다. 하지만 난 성적보다 인생에 살아가는데 있어서 필요한 경험들을 대학생 때 갖추어 놓으면 좋을 것이라 생각한다. 이 책은 대학생활을 하면서 많은 경험을 쌓을 수 있는 팁에 대해 서술하였다.

내가 대학생활 동안 만든 이력들로 이력서를 채우려면 꽤나 오랜 시간이 걸릴 것 같다. 학점은 낮아도 자기소개서를 채우는데 있어서는 전혀 문제가 없을 스토리들이 넘쳐난다. 대학생활의 목표는 누구나 다르겠지만 난 경험, 배움을 목표로 두었다.

10년간의 대학생활 그리고 사업생활 끝에 지금 난 한국체육대학교 사회체육대학원에서 운동건강관리 석사과정을 하고 있으며 동시에 나만의 사업을 하며 또 다른 꿈을 그리고 있다. 이 책을 과거의 나 같은 대학교에 적응 못하는 친구들이 읽고 성장할 수 있는 계기가 되면 좋겠다. 또는 아래와 같은 사람들에게도 도움이 될 것이라 생각한다.

1.

엄마 나 공고갈래

〈1〉 철들지 않은

중학교 3학년이 되어 진로를 고민할 무렵 난 고등학교 3년 야간 자율학습을 하는 것에 대한 불만이 많았다. 그리고 상담시간에 담임 선생님께 말씀드렸다.

"저 실업계고등학교에 진학하겠습니다."

그 당시에는 인문계 고등학교에 한 명이라도 더 보내는 것이 선생님들의 특명처럼 보이는 시기였기에 선생님도 적잖이 당황하셨다. 선생님께서는 부모님 동의가 있어야 된다고 하셨다. 집에 가서 부모님께 말씀드렸다.

"저 실업계고등학교에서 내신관리를 잘해서 대학교를 가겠습니다."

어머니는 극구 반대를 하셨다. 실업계에 가면 분위기에 휩쓸려서 공부를 하려고 해도 잘 되지 않는다는 게 어머니의 말씀이셨다. 하지만 아버지는 그것도 괜찮은 길이라고 내 길을 응원해주셨고 어머니까지 설득해주셨다. 부모님의 동의 사실을 담임선생님께 전하자 선생님께서는 부모님 면담을 신청하셨다. 아버지께서는 선생님도 설득해주셨다. 선생님께서는 나에게 후회 안 할 자신이 있느냐고 물었고 나는 그렇다고 대답했다.

그렇게 고등학교에 진학했다. 우리 중학교 친구들 중에서는 가장 내신성적이 좋았기에 고등학교 진학 시 내심 장학금이라도 받지 않을까 기대했었는데 받지 못하였다. 입학식 날 선서를 하였는데 앞에 나가서 선서하는 친구가 보였다. 알고 보니 그 친구가 각 중학교 통틀어서 내신 1등이라고 하였다.

고등학교 분위기는 말 그대로 살벌했다. 각 중학교에서 올라온 이름 모를 친구들이 잔뜩 있었고 각자의 자리에서 기싸움을 펼치고 있었다. 남자들의 세계에서는 중학교나 고등학교나 1학년 때의 탐색전으로 인해서 서열이 나뉘므로 더욱더 집중하는 모습이었다. 각 중학교 선배들이 찾아와서 몇몇 학교애들을 불러내기도 하고 선도부가 왔다 갔다 하기도 하였다. 쉬는 시간이 되면 화장실에서 볼 수 있는 뿌연 담배연기도 진기한 광경이었다. 중학교 친구들과는 반이 나뉘어서 나 혼자 다른 반이 되었다. 아는 친구가 한 명도 없었다. 하지만 친구들 하고는 금방 친해졌다. 친구들과 쉬는 시간에는 매점을 가서 비빔면을 사 먹기도 하였고 수업을 땡땡이 치고 피시방을 가서 게임을 하기도 하였다. 점심시간에는 축구를 하면서 시간을 보냈다. 주말에는 알바를 하면서 시간을 보냈다.

중간고사, 기말고사가 되면 각 수업마다 공부할 분량을 정해서 나누어주었지만 그걸 공부하는 친구들은 없었다. 난 그래도 고등학교 오기 전 결심을 생각해서라도 하루 전 벼락치기로 공부하고는 하였다. 그렇게만 해도 반에서 5등은 할 수 있었다. 지금 생각해보면 제대로 공부했다면 1~2등 자리는 놓치지 않았을 것 같다. 나를 자랑하려는 것이 아니라 그 정도로 공부하는 애들이 없었다는 걸 말하고 싶을 뿐이다. 고등학교 오기 전 엄마가 말한 "분위기에 휩쓸려 공부하지 못할 거다."라는 말이 적중한 것이었다.

2학년이 되면서 체험학습으로 용접, 공/유압, 캐드, 선반/밀링을 선택할 수 있었다. 1 지망에서 4 지망까지 적는 거라 성적이 많이 반영됐다. 보통 캐드나 공유압을 1 지망으로 적는 학생들이 많았지만 난 어쩐 이유에서였는지 용접을 1 지망으로 적었다. 기계과니깐 조금 더 기계스러운 것을 원했는 거 인지도 모르겠다.

2학년이 되면서 반장을 하고 싶었다. 그래서 친구에게 반장이 하고 싶다고 얘기하자 친구가 반장 추천을 해줬는데 선생님이 불같이 호통을 치며 극구 반대했던 기억이 있다. 지각을 가끔 하던 나를 안 좋게 보고 계셨는데 반장 선거하는 날에도 지각을 해서 그러셨던 거 같다. 2학년 선생님이 보셨던 나의 이미지는 불량학생이었던 것 같다. 2학년과 1학년 다른 점이 있다면 실습시간이 많다는 거였다. 실습시간이 되면 교복이 아닌 파란색 작업복을 입고 용접 부스로 가서 용접을 하였다. 2학년은 실습시간이 많아지다 보니 공부랑은 더 멀어지게 되었다. 주말에는 알바를 하였는데 학교 실습 작업복을 가지고 막일을 가곤 하였다. 막일은 몸이 좀 고되지만 돈벌이가 되는 알바였다. 1학년 때부터 시작한 주말 알바만 해도 패스트푸드점, 뷔페 알바, 막일까지 다양했다. 알바로 번 돈은 옷, 신발, 가방, 시계를 사는 것에다 사용했다.

주말에 일을 하고 오면 학교에 와서는 피곤해서 보통 잠을 자곤 했다. 음악을 듣거나 만화책을 읽거나 휴대폰 게임을 하기도 하였다. 점점 더 공부랑은 멀어져 갔다. 그래도 놀기만 한건 아니었다. 자발적으로 컴퓨터 학원을 다니면서 정보처리기능사, 워드 1급 자격증을 따기도 했고 영어학원을 잠깐 다녔던 적도 있다. 인문계 학생들이 다니는 입시학원도 잠시 다녔던 적도 있다. 곧 내가 있을 곳이 아니란 걸 깨닫고 그만뒀다. 참 자유로운 생활이었고 행복했다.

우리 과에는 3개의 반 밖에 없었다. 그래서 거의 모든 친구들이 친하게 지냈다. 2학년에서 3학년으로 올라갈 무렵 친구 광재랑 얘기를 하고 있었다. 앞으로의 진로 얘기를 하고 있었는데 그러다 대학교 이야기가 나왔다.

"난 3학년부터 공부해서 대학교 한번 가보려고."

"어 나도 그렇게 생각하고 있었는데"

"같이 한번 열심히 해볼래?"

 서로 생각이 같았고 방향도 같았다. 같이 공부하기로 하였다. 학교 또한 교장선생님이 바뀌고 나서 많은 것이 바뀌었다. 그중 하나가 SKY 진학 대비반이라는 명목으로 방과 후 수업이 제공되었다. 방과 후 수업을 듣고 멘토링 교육으로 소수정예 과목이 진행되었다. 우리의 전략은 영어와 직업탐구영역이었다. 국, 영, 수 중에서 한 가지를 선택하자니 국어와 수학은 공부를 하기에 앞서 기초가 많이 부족한 상태였고 영어는 기초가 부족했지만 상대적으로 시작하기에 가장 적당해 보였다. 영어 단어를 무작정 외우고 거기에 독해까지 되면 좋은 점수를 기대할 수 있을 거란 생각이 들었다. 직업탐구영역은 실업계에서 배우는 내용이었고 실업계에서 수능을 응시하는 학생이 많지 않았기에 좋은 점수를 기대할 수 있지 않을까 생각했다.

 학교 수업이 끝나고 광재랑 방과 후 수업을 들으러 가려고 가는 중이었다. 계단에서 태규랑 마주쳤다.

"어디 가노?"

"내 이제 집에 가야지"

 1학년 때 내 등수는 5등이었는데 항상 4등 자리에는 태규가 있었다. 문득 태규도 수능 공부를 하면 괜찮겠다는 생각이 들었다.

"우리 수능 치려고 하는데 니도 해봐라"

"아니다. 난 취업하려고"

 취업한다는 태규에게 '다시 한번 생각해봐라'고 말하고 수업을 갔다. 그리고 며칠 후 태규도 같이 공부를 하겠다고 하였다. 우리 3명을 포함해서 대학 진학에 뜻이 있는 친구들이 모여서 수업을 듣게 되었다. 학과 수업이 끝나면 수능 수업을 따로 진행하였다. 수능 수업이 끝나면 저녁을 먹고 각자 멘토링 받는 수업을 들었다. 멘토링 받는 수업이 끝나면 밤 10시까지 야간 자율학습을 했다.

 공부보다 중요한 건 공부를 하려는 습관이었다. 책상에 앉아 있기가 가장 어려웠다. 왜냐하면 고등학교 1~2학년은 수업시간에 자고 마치면 알바만 하는 삶이었기 때문이다.

"실업계에 가면 분위기에 휩쓸려 공부 못한다."

 고등학교 진학 때문에 골머리 앓던 시절 어머니가 얘기했던 말이 생각이 났다.

2.

대학을 가다.

〈1〉 철들지 않은

고등학교 3학년이 되면서 4년제 대학교를 가야겠다고 생각했다. 이름 있는 대학을 가서 부모님 어깨에 힘을 실어주고 싶었다. 중학교 때 내신관리를 잘해서 대학교를 가겠다는 말을 증명해 보이고 싶기도 했다. 하지만 어떻게 해야 대학교를 가는지 전혀 몰랐다. 고등학교가 기계과였기 때문에 대학교는 당연히 기계과 계열만 지원할 수 있는지 알았다. 그 정도로 대학교 진학에 관해서는 무지했다.

목표는 인 서울이었다. 가장 가고 싶은 대학은 홍대였다. 어디 대학교 어디가 가 좋고 어디가 가 내신 몇 등급 컷이고 그런 건 전혀 알지 못했다. 그냥 비보잉에 관한 다큐멘터리를 봤는데 홍대 앞이 나왔다. 홍대 앞 젊음과 문화가 좋았다. 홍대를 가면 나도 저렇게 재밌게 학교를 다닐 수 있을 것 같았다. 홍익대학교를 목표로 두었지만 어디든 4년제 대학교만 가면 좋을 것이라고 생각했다.

SKY 진학 대비반으로 수업을 듣고 시간을 아끼기 위해 학교 앞 분식집에서 라면을 사 먹고 밥을 말아먹었다. 밥을 먹고 교실로 돌아와서 영어단어를 외웠다. 영어와 직업탐구를 준비하였지만 직업탐구는 오래 공부하지 않아도 될 과목이었기에 영어에 올인하였다. 영어수업은 항상 영어단어를 외우는 것으로 시작하였다. 이때 쓰던 단어책이 형광펜으로 표기하고 볼펜으로 밑줄을 긋고 필기하고 페이지를 접고 하다 보니 제일 더러웠는데 내 인생에 있어서 가장 너덜너덜해진 책이었다. 나중에는 책을 보기만 해도 뿌듯하였다.

영어 멘토링에 야간 자율학습을 끝내고 나면 10시 집에 갔다가 독서실로 향해서 다시 공부를 하고 새벽이 되어서야 집에 돌아왔다. 아침 0교시로 영어 듣기를 하고 0교시가 끝나면 옆에 있는 도서관으로 가서 자습을 시작하였다. 다른 친구들이 하교를 하기 전까지 자습을 하며 시간을 보냈다. 하지만 그래도 실업계에서 수능을 준비하기에는 턱없이 부족함이 많았다. SKY 진학 대비를 하는 친구들과 함께 선생님을 찾아가서 공부를 할 시간이 부족하다고 일반학과 수업시간에도 수능 공부를 하고 싶다고 말씀드렸더니 그렇게 할 수 있게 허락해주셨다.

전략적으로 각 대학별 실업계 특별전형을 노렸다. 정시보다 수시 1차로 대학교를 진학하기 위해서 노력하였다. 하지만 수시 1차에도 수능 최저등급이라는 커트라인이 있었기에 그에 맞는 등급이 필요했다. 영어, 직탐뿐만 아니라 언어영역도 조금씩 공부하기 시작하였다.

수시 1차로 홍익대, 광운대, 인하대, 경북대, 부경대, 동아대, 울산대를 지원했다. 그리고 홍익대, 인하대, 부경대에서 1차 합격을 울산대와 동아대에서는 이어진 면접 끝에 최종 합격을 할 수 있었다. 울산대에서 했던 면접은 아직까지도 기억이 난다.

수학과 영어 면접을 봤었는데 수학에 관한 문제는 하나도 풀지 못해서 백지로 제출하였다. 그리고 영어는 읽고 바로 해석을 하는 면접이었는데 다행히 영어 지문은 해석을 할 수 있었다. 그때 한 교수님이 물었다.

"수학은 백지를 냈는데 영어는 곧 잘하네?"

"수능을 준비하면서 영어공부를 시작했습니다. 지금부터 입학 전까지 수학 공부를 한다면 수학도 잘할 수 있습니다."

울산대와 동아대가 합격하고 나자 긴장이 풀렸지만 목표는 홍익대였기에 끝까지 열심히 하였다. 그리고 수능을 치르게 되었다. 수능결과는 성공이었다. 홍익대 최저학력기준을 맞췄지만 면접을 못 봤던 탓일까 불합격하고야 말았다. 하지만 기대도 하지 않던 인하대에서 합격 소식을 들을 수 있었다. 컴퓨터 모니터를 보고 처음에는 잘못 봤는지 알았지만 다시 봐도 합격이었다.

'인하대학교 신소재 응용학과 합격을 축하드립니다.'

가족들 친구들에게 축하를 받았다. 나는 인하대에 갈 거라는 기대를 하고 있었지만 부모님은 울산대에 가기를 원하셨다. 결국 부모님 뜻대로 울산대를 선택하게 되었다. 고등학교를 졸업하게 되었다. 취업을 하는 친구들 학교에 입학하는 친구들 두 분류로 갈라졌다. 나는 대학교로 입학하게 되는 부류였다.

대학교를 가기 전 공대 오리엔테이션이 있었다. 대학 오티 같은 건 들어서 알고는 있었지만 직접 가게 되니 더욱 설레었다. 공대 오티라 그런지 사람이 엄청 많았다. 과 잠바도 지급받았다. 지급받은 과 잠바를 입고 지시에 따라 움직였다. 저녁을 먹고 장기자랑 공연을 보고 뒤풀이를 했다. 방에서 처음 하는 술 게임들을 배워가면서 술을 마셨다. 중간중간에 과 동아리를 홍보하는 선배들이 들어와서 술을 먹고 처음 만나는 친구들끼리 인사를 하면서 술을 먹었다. 태규랑 술을 먹으면서 술자리가 끝날 때 까지 취하지 않고 살아남았는데 그다음 날부터 집행부를 하는 과 선배들이 우리를 마주칠 때마다 말했다.

"너네는 집행부로 들어오면 돼"

 고등학교에서 기계과를 다니면 대학교도 무조건 공과계열로 선택해야 되는지만 알았다. 이러한 무지로 인해서 다시 한번 기계과로 입학하게 된 나는 많은 실망을 하였다. 내가 영화나 드라마에서 본 대학교라는 곳은 청춘남녀가 잔디밭에서 기타도 치고 같이 밥도 먹고 어울려 다니고 하는 것이었는데 이 놈의 기계과는 마치 고등학교의 연장선 같았다. 과 건물은 낡았고 언덕 위에 있었고 제일 중요한 남녀의 성비도 안 맞았다. 과 이름이 '기계자동차과'라고 해서 자동차에 관한 수업이나 실습을 많이 할 줄 알았다. 볼트를 직접 쪼으면서 자동차를 만들어보고 자동차 성능을 테스트하고 그런 류의 것들을 생각했다. 전혀 달랐다. 그냥 아무런 정보도 없이 대학교에 와버린 것이라고 말하는 게 그때의 내 상황을 표현하기에 딱 맞아떨어진다.

 1학년 때 우리 과에서는 물리학, 미적분학, 일반화학, 물리실험, 화학실험 같은 과목들을 배웠다. 고등학교에서 배웠던 과목과는 너무 동떨어져서 도대체 어디서부터 공부를 해야 될지 감이 안 잡혔다. 실업계에서 진학한 친구들을 위해서 과에서 따로 보충수업을 진행해주었다. 미적분학과 물리학이었는데 그 수업을 들어도 전혀 이해가 가질 않았다. 실제로 내 수준은 중학교 3학년에서 멈추어져 있었다. 나와 똑같은 상황이었던 태규와 함께 도서관에서 추가로 공부하기로 하였다. 새벽에 도서관에 와서 〈수학의 정석〉을 보며 공부를 하는 것이 목표였는데 어떤 날은 하루 종일 한 장을 넘기기도 힘들었다.

 학과 수업을 들을 때도 문제는 나타났다. 실업계에서 3년간 수업을 들어본 적이 없으니 대학교 수업을 들으려니 너무 졸려서 수업을 듣질 못했다. 항상 졸았다. 항상 조는 덕에 리포트조차 놓치기 일쑤였다. 친구들에게 리포트가 있다는 사실을 듣고 친구들의 리포트를 베껴 쓰고 가까스로 제출하고는 하였다.

학과 생활만 하기에는 학교가 너무 암울했다. 학과에서 모집하는 동아리는 제외하고 중앙동아리를 눈여겨봤다. 먼저 고등학생 때부터 관심 있어하던 사진을 다루는 사진동아리를 가입했다. 직접 현상하고 인화까지 한다는 게 멋져 보였다. 그리고 영어연극동아리를 가입했다. 여기는 학교 동아리 중에서 가장 규모가 크고 여자가 많다길래 가입했다. 태규도 나랑 똑같이 가입했다. 그리고 태규에게 말했다.

"동아리 생활 열심히 해서 인맥왕이 되어보자"

동아리 2개에 1학년 학과 생활까지 할려니 항상 술 약속으로 가득했다. 거기에다 중학교, 고등학교 친구들까지 만날려니 몸이 2개라도 부족했다. 지금이야 '그냥 거절하면 되지 왜 그렇게 바쁘게 돌아다니느냐.' 생각할 수 있지만 그 당시에만 해도 거절을 잘 못했다. 모든 스케줄을 소화해내야 대학생활이 잘 풀릴 것 같았다. 바빠도 내가 선택했기에 재밌었다. 시간이 나면 동아리방에 가서 시간을 때우곤 했다. 아 그리고 난 당연히 학사경고를 받고야 말았다.

지금 1학년을 돌이켜 생각해봐도 술 먹은 기억, 동아리방에서 시간 때우다 선배들이 사주는 밥 얻어먹은 기억들 밖에 생각이 나질 않는다. 이 기회를 빌려서 그때 나에게 밥 사줬던 선배들에게 감사하다는 말을 전해야겠다.

3.

군대나 가야겠어.

⟨1⟩ 철들지 않은

대학에 진학하고 시간은 금방 흘렀다. 학과 수업에는 여전히 적응을 하지 못했지만 만나는 사람은 많아져 갔다. 학교생활은 재밌었고 만족스러웠지만 성적이 걱정되었다. 시험을 치러 가면 항상 백지를 내고 나와야만 했다. 교수님께 편지도 써봤지만 그것도 한두 번이지 계속할 수 있을 것 같지도 않았다. 1학기를 끝내면 군대를 가야겠다고 결심했다. 실업계를 졸업한 다른 친구들은 군입대를 하고 있었기에 나도 친구들하고 같은 시기에 갔다 와야지 하고 은연중에 생각한 거 같다. 하지만 나는 빠른 년생이라 군대에서 영장이 날아오지 않았다. '지원해서 가야지' 마음먹었다. 제일 처음 지원했던 곳은 해군이었다. 며칠 후 면접을 보러 갔다. 한 면접관이 물었다.

"우리의 주적은 누구입니까?"

"우리의 주적은 일본입니다."

당당하게 대답했다. 면접관의 표정이 좋지 않았다. 결과는 탈락이었다. 우리의 주적은 북한이라는 사실은 군대에 들어가서 한참 후에 알았다. 그 후 해병대를 지원하면 빨리 입대할 수 있다는 사실을 알게 되었다. 해병대를 지원했다. 해병대는 신체검사도 했는데 윗몸일으키기와 팔 굽혀 펴기 같은 종목들이 있었다. 어릴 때부터 학창 시절 검도와 합기도 등 꾸준히 운동을 한 나에게는 어렵지 않은 검사였다. 며칠 후 결과 발표가 났다.

'입영 일시: 2008년 07월 21일'

합격이었다. 대학교 합격 때와는 다르게 기쁘지만은 않았다. 그리고 입영까지 남은 시간은 딱 한 달이었다. 기말고사를 끝난 시점이라서 한 달여간의 시간을 어떻게 하면 알차게 보낼 수 있을까 생각을 많이 했다. 군대에 가기 전 여행을 가는 것도 괜찮다고 들었기에 무작정 여행을 가기로 결심했다. 나랑 하루 차이로 입대를 하는 광재에게 연락해서 여행을 가자고 제안했다. 우리는 그렇게 서울로 향했다. 서울을 여행으로 온 건 처음이었다. 명동, 홍대. 압구정, 남산타워, 한강유람선 등 많은 곳을 방문했다.

4박 5일 동안 서울여행 일정을 끝내고 집에 오자마자 후쿠오카로 가족들과 여행을 갔다. 처음 간 해외여행이라 모든 게 신기했다. 시 싸이드 모모치 해변, 아소산 등 많은 곳을 구경했다. 친구들 가족들하고 추억을 쌓다 보니 어느새 입영날짜가 다가왔다.

2008년 7월 21일 입대 날짜가 되었다. 아침에 일어나서 부모님께 큰절을 올렸다.

"2년 동안 몸 건강히 잘 다녀오겠습니다."

부모님은 이런 건 어디서 배웠냐고 하시면서 내심 좋아하셨다. 그리고 포항으로 향했다. 포항에 도착해서 밥을 먹고 운동장에 집결했다. 그리고 마지막으로 부모님께 절을 하는데 앞으로 못 볼 것도 아닌데 괜스레 슬퍼졌다. 크면서 한 번도 부모님과 떨어진 적이 없었기에 그랬던 것 같다. 멀리서 부모님을 봤는데 어머니가 울고 계셨다. 뒤로 돌아 이동하는데 저 멀리 손뼉 치는 선임 기수에서 친구가 보였다.

"뽀식아"

뽀식이란 별명을 가지고 있는 준영이었다. 해병대를 간 건 알고 있었지만 이렇게 만날 줄은 몰랐기에 너무 반가웠다. 하지만 준영이는 나를 본 척 만척하면서 계속 박수를 쳐댔다. 내가 훈련병을 수료할 때쯤이나 되어서야 내가 얼마나 위험한 짓을 했는지 알게 되었다.

군 생활이 시작되었다. 처음 7일간은 가입소 기간이다. 7일간 생활 끝에 못 버티는 친구들은 다시 집으로 돌아가는 기간이기도 하다. 그 기간을 끝내고 나자 군복 및 보급품이 지급되었다. 군 생활을 기록하게 될 수양록도 받았다. 이때부터 이어진 일기 쓰는 습관은 지금까지도 이어지고 있다. 군입대를 하면서 새로 하게 된 것들이 참 많다. 바느질을 해서 명찰을 달아보기도 했으며 오전에 일어나서 잡초를 뜯기도 주말에 안 가던 종교활동을 가기도 하였다.

훈련받고 먹은 아이스크림, 맛있게 먹었던 군대리아, 훈련 후 행군 중 너무 오줌이 마려워서 몰래 나무 뒤에 오줌을 싸다 교관한테 걸려서 맞았던 기억, 칫솔을 잃어버려서 동기 칫솔을 빌려서 이를 닦은 기억들도 다 훈련병 때의 기억들이다. 훈련소 기간까지 총 7주간의 훈련소 덕에 아주 멋진 해병으로 거듭날 수 있었다.

앞으로 다시는 못 볼지도 모르는 동기들과 작별인사를 하려니 눈시울이 붉어졌다. 그리고 순서대로 후반기 교육 대대로 떠났다. 난 병과가 상륙장갑차였기에 상륙장갑차 교육 대대로 이동했다. 실무부대와 붙어 있었기에 교육대의 처음 분위기는 살벌했다.

교육대에서 지냈던 한 달여간의 기간은 많은 기억들이 있지만 외박을 했던 날이 가장 기억에 남는다. 일박 이 일간 외박의 기회를 주는 날이었는데 무엇보다 부모님을 볼 수 있었기에 행복했다. 그리고 음식을 마음껏 먹을 수 있다는 것에 한번 더 행복했다. 외박이 끝나고 부대 복귀 후 부모님을 보고 왔다고 기합이 빠져있다고 동기들과 함께 팡파르를 받은 날이었는데 그때 추워서 오들오들 떨었던 기억이 아직도 선명하다.

한 달 여간의 교육대 생활이 끝나고 동화 교육대에서의 시간을 보냈다. 동화 교육대는 실무에 가기 전 동기들과 볼 수 있는 마지막 시간이었는데 동기들끼리 시간을 보낼 수 있어서 한편으로는 좋고 한편으로는 두려웠던 시간이었다. 동화 교육대를 마치고 실무로 이동을 했다. 난 2사단으로 배치 받았기에 김포로 향했다. 실무로 간다는 것이 마냥 설레면서도 무서웠다.

중대에 도착해서도 3일간 동화교육을 받았다. 본격적인 실무 생활이 시작되었다.

"여기도 다 사람 사는 곳이니까 너무 두려워하지 마."

이제 곧 전역하는 해병이 앞으로의 남은 군생활을 응원해주며 담배를 건넸다. 한낱 이병 주제에 안 받을 수가 없었다. 반대로 생각해보니 군대에서는 담배를 피우는 게 더 도움이 될 것 같았다. 그전까지 담배를 피우지 않았지만 제대하는 그날까지 담배를 피워야겠다고 마음먹었다. 오른손으로 담배를 피우고 있었더니 선임이 말했다.

"앞으로 담배 피울 때는 왼손으로 펴. 그래야 경례가 가능하니깐"

"네. 알겠습니다"

중대에 적응이 되기도 전에 야외 훈련을 가게 되었다. 이병이라 선임 기수도 모를 때였는데 오침 시간에 한 선임이 날 불러내더니 잔디밭에서 네 잎 클로버를 찾아라고 시켰다. 그래서 한참을 네 잎 클로버를 찾았던 기억이 있는데 나중에 알고 보니 일병 선임이었다. 그 선임은 이상한 걸 많이 시켰는데 기동 하는 상륙 장갑차 안에서 노래를 몇 십 곡 부르는 걸 시키기도 하였고 일요일 남들 다 쉬는 시간에 십자드라이버를 주고서는 일자 드라이버로 만들어 와라고 시켰던 적도 있다. 그래서 맞선임과 함께 십자드라이버를 한참 갈면서 욕을 해댔던 적도 있다. 지금 생각하면 추억이지만 그 때는 아주 끔찍한 선임이었다.

4.

뜻밖의 좋은 습관

〈1〉 철들지 않은

열정과 도전사이

부대에 어느 정도 적응을 하기 시작했다. 최고참 선임이 나보고 따라오라고 했다. 따라갔더니 헬스장이었다. 사회에서 봐왔던 헬스장에 비하면 아주 작고 초라하기 그지없었지만 군대 안에서는 감지덕지한 장소였다. 바닥은 헬스 소음을 방지하기 위한 쿠션 퍼즐 매트가 깔려 있었고 정면에 있는 전신 거울 앞으로는 오래됐지만 사이즈 별로 정리돼있는 덤벨과 바벨이 있었다. 윗몸일으키기가 가능한 싯업 보드도 구비되어 있었다.

"니 밖에서 운동해봤나?"

"아닙니다."

"그럼 그냥 내가 하는 거 그대로 다 따라 해."

"네 알겠습니다"

선임이 하는 운동을 따라 했다. 운동을 하면서 어디 부위에 힘이 들어가는 건지 가르쳐주었다.

"그래 지금 하는 건 아랫 가슴에 힘이 들어가는 거다. 다시 열두 개 더 해."

하나하나 어떻게 운동을 하는지 알려주면서 운동을 같이 하게 되었다. 이병의 신분으로 헬스장을 다닐 수 있다는 건 행복이었다. 일병 선임들의 눈치가 많이 보였다. 하지만 가장 최고참 선임이 매일같이 나를 헬스장으로 데리고 다니며 운동을 하였기 때문에 다른 선임들이 따로 뭐라고 하지는 않았다. 이때부터 생긴 헬스로 운동하는 습관은 전역할 때까지 이어졌다. 비가 오나 눈이 오나 저녁을 먹고 나면 어김없이 헬스를 하러 갔다.

 하루는 대민지원을 갔다 왔는데 햇빛을 많이 봤는지 화상을 입었
다. 몸에서 열이 나고 가만히 있기도 힘들었다. 하지만 운동을 하
기 위해서 소대장한테 보고를 하자 소대장이 안된다며 말렸던 적
이 있다. 하지만 조금이라도 운동을 하고 와야 될 거 같다고 보고
를 하고 갔다 왔던 기억이 있다. 군대에서의 운동에 대한 의지와
열정은 대단했던 거 같다. 운동만 열심히 할 것이 아니라 영양과
휴식에 조금 더 신경을 썼더라면 정말 좋은 몸을 가지고 나오지
않았을까 생각된다. 그때는 운동만 할 줄 알았지 영양과 휴식이 더
중요하단 걸 몰랐었다. 핑계겠지만 지금 그때의 열정이 있더라면
몸짱이 되는 건 한순간일 거 같다.

 내가 군대에서 헬스와 함께 열심히 했던 게 하나 더 있었는데 그
건 바로 독서였다. 사회에서는 독서를 별로 한 기억이 없었다. 만
화책이라면 중고등학교를 다니면서도 계속 꾸준히 읽었긴 하지만
독서에는 별로 흥미가 없었다. 그나마 읽은 게 있다면 해리포터와
반지의 제왕 정도였던 것 같다. 헬스를 하고 샤워를 하고 쉬고 있
었는데 맞선임이 책을 열심히 읽고 있었다. 굉장히 시끄러운 분위
기였는데 독서를 열심히 하고 있길래 무슨 책인지 물었다. 표지를
봤더니 파피용이란 책이었다.

"맞선임 책 재밌는지 알고 싶습니다."

"응 재밌어. 니도 집에서 책 보내달라고 해서 시간 될 때마다 독서해."

 이후로 집에 전화하여 읽고 싶은 책을 다 소포로 보내달라고 하
였다. 처음엔 책을 몰라서 큰누나가 베스트셀러 위주로 사서 보내

주었다. 이때부터 자기 계발서를 시작했는데 긍정적인 태도에 대한 책을 읽었다. 이때 읽었던 책 중 기억에 남는 게 이지성 작가의 〈꿈꾸는 다락방〉이 있다. R=VD라는 공식을 처음으로 알게 되고 실천하기 위해서 다이어리에 수 없이 적고 상상했던 거 같다. '간절히 원하면 이루어진다.' 법칙은 지금도 여전히 내가 가장 좋아하는 법칙 중 하나이다.

이때는 장르를 불문하고 읽었던 거 같다. 〈파피용〉, 〈천사와 악마〉, 〈냉정과 열정사이〉와 같은 소설을 읽으면서 흥미진진한 줄거리에 빠져서 책을 단번에 읽어 나가기도 하고 〈걸어서 지구 세 바퀴 반〉을 읽으면서 모험가 한비야가 되어 세상을 돌아다니는 생각을 하기도 하였다. 독서가 어느 정도 습관이 잡힐 무렵 난 목표를 세웠다.

'전역할 때까지 책 100권 읽기'

다독이 좋은 건 아니지만 이때는 무조건 다독을 해야 된다고 생각했다. 그리고 무엇보다 다양한 책을 많이 읽고 내 것으로 만들고 싶었다. 책 표지를 보면 내용이 궁금한 책들이 너무 많아서 이 책도 저 책도 읽고 싶었던 것 같다.

한 통계조사에 따르면 우리나라는 OECD 국가 중 독서량이 최하위 수준이라고 한다. 성인의 경우 연간 독서량이 8.3권이라고 한다. 독서는 할 수 있을 때 많이 해야 된다고 생각한다. 그러므로 군대에 있는 독자들이라면 군생활 기간 동안 독서를 많이 했으면 하는 바람이다. 군대에서 책 읽는 습관이 잡힌다면 전역하고 사회생활을 하면서도 꾸준히 독서를 할 수 있지 않을까 생각한다. 그리고 사회에 나와서 독서를 하기 위해서는 자기가 시간을 내지 않으면 절대 쉽지 않다는 것을 명심해야 한다.

군대에서 내가 주로 읽었던 책들은 자기 계발서가 대부분이었다. 덕분에 난 좋은 습관들을 많이 가지게 되었다. 그중 생각나는 아이디어를 그때그때마다 다이어리에 기록하는 습관, 한해의 계획이나 한 달의 목표를 다이어리에 적는 습관도 가지게 되었다. 이 습관들로 인해 대학교를 다니며 많은 도움을 받았다. 다이어리에 기록하는 습관이 없었다면 내 대학생활이 어떻게 되었을지 생각만 해도 끔찍하다.

다행히도 이때부터 이어진 독서 습관과 기록하는 습관은 지금까지도 유지되고 있다. 지금 읽는 책들은 읽어도 잘 생각이 나질 않는 반면에 이때 읽었던 책들은 줄거리 생각도 잘나고 책 표지도 다 기억에 남아있다. 그만큼 이때는 강렬하고 열정적으로 독서에 몰입을 했던 것 같다. 독서를 하는 것도 중요하지만 어떻게 하느냐도 중요한 이유인 것 같다.

전역할 때까지 꾸준하게 책을 읽었지만 목표를 달성하지 못했다. 50여 권의 책을 읽고 전역했었는데 후회는 없었다. 그래도 목표를 세웠기 때문에 목표를 반이라도 달성할 수 있었다는 생각이 들었다. 태도는 이미 긍정적으로 변해있었고 '다음에 목표 한 다면 더 잘할 수 있을 거야'라는 자신감이 생겼다. 실제로 전역 후에도 독서를 꾸준히 할 수 있었는데 연도 별로 나누어서 독서 목표를 정하곤 했다.

지금 와서 생각해보면 나는 독서를 통해서 정말 많은 것이 변화했다고 생각한다. 독서를 하면서 변화하는 게 좋아 내 주위 사람들에게도 독서를 추천해주곤 하였다. 하지만 그로 인해 느낀 것이 있다.

독서는 아무리 읽어라고 추천해주더라도 자기가 필요하지 않으면 하지 않는다는 것이다. 자기가 직접 독서를 하고 그로 인해 깨달을 때 독서를 하게 된다는 것이다. 다행히 내 주위에는 독서를 하는 친구 태규와 창현이가 있었다. 친구들 덕분에 혼자가 아님을 느끼고 독서를 꾸준하게 할 수 있었다. 그리고 친구들과 독서를 하고 서로에게 좋은 책을 추천해주고 독서에 대해 토론하는 과정에서 나는 나름 성장할 수 있었던 것 같다.

내 주변 사람들이 독서에 관심을 가졌으면 한다. 독서로 인해서 사고가 확장되고 시야가 넓어지고 지식과 지혜를 배울 수 있었으면 한다. 글쓰기에도 관심을 가지게 되어 지인들이 아무런 거리낌 없이 글쓰기를 하는 날이 오면 하는 작은 소망이 있다.

5.

신념

〈1〉 철들지 않은

19살, 철부지였던 나는 군대에 지원하여 군대를 가게 되었고 군대에서 많은 것을 보고 느끼게 되었다. 그때 생긴 신념들을 기록하기 위해서 다이어리에 기록해두었다.

1. 즉시 현금 갱 무시 절(현전 일념)

2. 진정한 노력은 결코 배반하지 않는다.

3. R=VD

4. 돈은 시간이자 자유이다.

5. 가벼운 짐보다는 넓은 어깨가 필요하다.

6. 오늘은 내 남은 인생의 첫날이다.

먼저 첫 번째 신념 즉시현금갱무시절(即時現今 更無時節) '바로 지금 여기일 뿐 다른 호시절은 없다'라는 뜻으로 현전일념(現前一念) '눈앞의 순간에 충실하라'와 일맥상통한다. 군 시절 가장 좋아했던 신념이었고 지금도 가장 좋아하는 문구이다.

여기에는 한 일화가 있는데. 군 시절 휴가를 나가게 되었고 '현전일념(現前一念)' 신념을 손목에 타투로 했다. 내 신념이기도 했고 너무나 하고 싶었다. 왼 손목에 타투를 하였는데 이유는 손목시계를 끼면 보이지 않을 것 같아서였다. 부대에 복귀하고 일주일이 지나지 않아서 타투한 게 알려졌다. 선임하사한테 불려 갔는데 왜 했냐고 물었다. 대답하지 않고 있자 '젊은 날 객기로 했냐?'고 물었다. 대답하고 싶었지만 객기란 말 뜻을 몰라서 대답하지 못했다.

그리고 이어진 중대장님과의 면담. 중대장님이 물었다.

"왜 타투했냐?"
"젊은 날 객기로 했습니다."

난 자신감에 넘치는 목소리로 선임하사가 가르쳐준 말을 인용해서 또랑또랑하게 말했다. 중대장은 화가 나서 소리를 질렀고 그 이후로 난 무장구보를 뛰어야만 했다. 고민 끝에 내 신념을 손목에 새긴 거라 후회는 없지만 군대를 전역하고 했더라면 어땠을까 생각해본다.

두 번째 신념은 많은 사람들이 알고 있는 '진정한 노력은 결코 배반하지 않는다'이다. 야구선수 이승엽 선수의 신념으로 잘 알려져 있다. 대학교 진학을 준비하면서부터 힘들 때마다 나를 달래기 위해서 한 번씩 속으로 생각하고는 했었는데 마음속으로 말하고 나면 괜히 힘이 나는 문구이다. 노력은 하는데 결과가 없고 삶이 지쳐 힘든 사람이라면 마음속으로 한 번쯤 말해보자.

세 번째 신념은 'R=VD(Realization is Vivid dream) 생생하게 꿈꾸면 이루어진다.'는 공식이다. 이지성 작가의 꿈꾸는 다락방이라는 책을 읽고 알게 된 문구인데 다양한 사례들로 공식을 설명한다. 이 또한 내 왼손 약지 손가락에 타투로 돼있다.

네 번째 신념은 '돈= 시간= 자유'라는 공식인데 어디서 보고 적어둔 건지 모르겠다. 아마 그때 한참 읽던 책 같은 데서 읽고 적은 것 같은데 인생을 살면 살수록 더 맞아떨어져 가는 거 같다. 돈은 시간이고 시간은 자유이다. 돈이 없어서 알아도 공식을 쓸 수 없는 사람들이 있는 방면에 돈이 많아도 이 공식을 모르고 시간을 멋대로 쓰는 사람들이 있으니 안타까울 따름이다.

다섯 번째 신념 '가벼운 짐보다는 넓은 어깨가 필요하다.'는 유대인 속담에 있는 말이다. 문제 해결법을 습득하는 것은 역기를 드는 것과 같다. 역기를 많이 들면 들수록 몸이 강해지는 것처럼 문제 해결법을 많이 습득하면 할수록 우리는 더욱 강해진다.

당연히 문제가 생기는 걸 원하는 사람은 어디에도 없다. 그러나 세상을 살다 보면 많은 문제에 부딪히기 마련인데 이런 문제를 잘 극복해 내면 언제 어디서든 또 다른 문제가 생기더라도 대처할 수 있는 능력이 향상된다. '시련은 있어도 실패는 없다'와 일맥상통하는 의미라 둘 다 좋아하는 문구이다.

여섯 번째 신념 '오늘은 내 남은 인생의 첫날이다.'이 또한 유명한 문구이다. 오늘은 내 남은 인생에서 가장 젊은 날이다. 긍정적인 에너지로 하루를 시작해보자. 앞으로 남은 인생은 내 손에 달려있는 것이다.

"Today is the first day of the rest of my life."

그리고 추가로 군대를 전역하고 학교에서 수업으로 영화 〈마담 프루스트의 비밀정원〉을 보다가 알게 된 문구가 하나 더 있다.

"Vis ta vie"

'네 삶을 살아라.'라는 뜻인데 나에게 너무 와닿았다. 복수전공에 창업 난 여느 기계과 학생들하고는 다르게 살고 있었는데 이 문구를 보면서 힘을 얻었다. 난 Vis ta vie 문구를 내 가슴에 3번째 타투로 새겨 넣었다. 난 타투를 긍정적으로 생각한다. 자신에게 의미 있는 타투라면 몇 번이든 해도 된다고 생각하는 사람이다. 나처럼 타투까지는 아니더라도 신념을 정하고 노트에다가 적어보자.

많은 자기 계발서를 보면 끌어당김의 법칙이 작용해서 글은 무의식적으로 그에 맞는 정보를 모으고 가져다준다고 한다. 그래서 많은 책들이 버킷리스트나 목표를 적는 활동을 실행토록 하는 것이다. 먼저 버킷리스트를 적고 원하는 목표를 5년 10년 단위로부터 1년 단위까지 나누어 가면서 적어보자. 꿈이나 목표를 시각화하기 어렵다면 〈당신의 소중한 꿈을 이루는 보물지도〉 책을 읽어보는 것을 추천한다.

이 책에서는 코르크 보드 등에 사진을 붙여서 더 생생하게 시각화하는 방법 등을 안내하고 있다. 간단히 안내하자면 다음과 같다.

1. 커다란 종이(A1)나 코르크 보드에 'OOO의 보물지도'라고 쓴다.

2. 행복하게 웃고 있는 자신의 사진을 배치한다.

3. 갖고 싶은 것과 구체적인 목표를 나타내는 사진이나 그림을 자유롭게 붙인다.

4. 사진이나 그림으로 표현할 수 없는 부분. 즉 달성 기한이나 조건 등을 메모지에 써 붙인다.

5. 이 목표가 자신과 타인에게 어떤 도움이 될지 써넣는다.

6. 목표가 인생의 목적과 가치관에 잘 부합되는지 되짚어 본다.

7. 구체적인 첫 실천단계로서 행동목표' 이번 주의 실천사항'을 써넣는다.

8. 눈에 띄는 곳에 붙여두고 자주 바라본다. 사진을 인화해서 수첩, 냉장고, 화장실 등 눈에 띄는 곳에 붙여놓고 자주 볼수록 효과적이다.

보물지도가 아니면 자주 볼 수 있는 휴대폰 배경화면을 이용하는 것도 좋은 방법이라고 한다. 성공에 관한 책에서 공통적으로 가장 중요시하는 것이 있는데 그건 바로 실천이다. 지금 당장 실천해보자. 어차피 손해 볼 것이 없다라는 생각으로 그냥 바로 해보는 것이다.

휴대폰 배경화면에 목표나 계획을 적어도 좋고 신념을 적어도 좋다. 뭐든 긍정으로 가득 찬 글들로 자신의 주위를 만든다면 머지않아 자기 자신도 긍정적으로 변할 수 있지 않을까.

1.

레저는 배우고 싶은데
돈은 없고

〈2〉 경험이 답이다.

실업계 고등학교를 가고 나서 가장 좋은 점은 시간이 많은 것이었다. 인문계 고등학교 친구들은 시간이 나면 공부를 했지만 보통 실업계 친구들은 아르바이트를 하고는 했다. 중학교 때도 몇 번 전단지를 돌려본 적은 있었지만 제대로 된 알바는 해본 적이 없었던 나는 고등학교 1학년부터 본격적으로 아르바이트를 시작하게 되었다.

제일 처음 아르바이트를 한 곳은 롯데리아였다. 빠른 년생이라 생일이 지나지 않은 나는 부모님 동의서를 받고 제출하고 나서야 근무를 할 수 있게 되었다. 설거지부터 시작하였다. 적게는 4시간 많게는 8시간까지 근무를 했는데 설거지만 8시간 한적도 있다. 컵을 씻는데도 요령이 필요하다는 것을 알았다. 설거지를 하다가 마감시간에는 쓰레기를 모아서 버리는 작업을 했다. 쓰레기 다운이라고 불렀는데 하루 일과를 마무리 짓는 작업이었다. 어느 정도 알바 경력이 쌓이며 하는 일도 달라졌다. 패티를 굽는 그릴을 배우기 시작했고 백업이라 부르는 튀김 업무를 보며 빅이라 부르는 감자를 튀기기도 했다. 하나하나 배워 가는 일이 재밌었다. 그리고 마침내 햄버거 만드는 일도 배울 수 있었다. 버거마다 들어가는 소스나 재료가 다 달라서 하나하나 외워야 됐다. 하지만 처음 배우는 일이라 재밌게 할 수 있었다.

2학년으로 진학하면서 막일을 알게 되었다. 주말에 나가서 일을 하면 되고 한번 일하면 꽤 짭짤한 돈을 만질 수 있었다. 처음 인력소를 갔을 때는 새벽에 많은 사람들이 일을 대기하며 믹스커피를 마시는 모습, 일거리가 있는 사람들은 밴을 타고 일터로 가는 모습 등 모든 게 생소했다. 일거리가 없어서 계속해서 기다리다가 그냥 집으로 돌아가는 날도 있었다. 고등학생이라는 이유로 돈을 떼어 먹히기도 했었지만 돈 받는 시간이 되면 그냥 군소리 없이 돈을 받고 집으로 돌아왔다. 다음 현장을 갈 때 불러주지 않을까 두려웠기 때문이었다.

막일 일을 못하거나 하면 예식장 홀 서빙도 하곤 했었다. 예식장 뷔페 홀에서 서빙을 하는 일이었는데 일이 끝나면 뷔페를 먹을 수 있다는 장점이 있었다. 그 외 돈가스집 알바, 고깃집 알바도 했었다. 고등학교 3학년 동안 알바를 하면서 일반적인 고등학생보다는 빨리 사회를 배울 수 있었다.

전역을 하고 난 어느 날. 학교를 복학하기 전까지 시간이 남았기에 알바를 하고 있었다. 연극무대에 오르는 단기 알바를 하다가 마트에서 경호원으로 근무하게 되었다. 꽤나 보수도 괜찮은 편이었지만 지루했다. 다른 알바를 구하기 위해서 알바 사이트를 뒤적거리다가 양평에서 수상스키 보조강사를 구한다는 공고를 봤다. 숙식도 제공될뿐더러 틈틈이 수상레저도 배울 수 있다고 적혀있었다. 중학교 때부터 겨울이면 스키를 타고 스노보드에 빠져서 군대 가기 전에도 항상 스키장을 가던 나였다. 나는 확신했다.

'여기서라면 분명 재미도 있고 무언가를 배울 수 있는 알바를 할 수 있을 거야. 이번에는 여름에 즐길 수 있는 레저스포츠를 한번 배워보는 거야.'

친구 한 명을 설득했고 그 친구도 같이 가기로 했다. 업체에 전화를 했다.

"여보세요, 저 알바천국 보고 전화드렸는데요, 아직 수상스키 보조강사 구하나요?"

"네. 구하고 있어요."

"2명인데 2명 다 일할수 있나요?"

"네, 할 수 있어요."

"언제부터 할 수 있죠?"

"언제부터라도 가능합니다."

사장님은 구리시에 도착하면 연락 달라고 하셨다. '조심히 생활하고 내려와' 라는 엄마의 말을 뒤로 버스정류장에 내렸다. 친구와 함께 구리시로 가는 버스를 탔다. 새로운 레저 스포츠를 배운다는 설렘과 새로운 모험에 대한 두려움이 공존하고 있었다. 구리시에 내려 사장님께 연락을 드렸더니 픽업을 나오셨다.

"안녕하세요"

"응, 안녕"

구릿빛 피부에 스포츠머리를 하고 반바지에 슬리퍼 차림으로 나오신 사장님과 짧게 인사를 나누고 차에 올라탔다. 수상스키장으로 가는 차 안에서, 사장님은 피곤하셨는지 졸음운전을 하셨다. 그 모습을 보며 친구와 나는 킥킥대며 웃었다. 빠지(어원은 모르겠지만 수상스키장, 나루터를 빠지라고 불렀다.)에 도착했다. 기존에 있는 코치, 강사님들과 간단히 인사를 나눈 뒤 우리는 옆에 있는 빠지로 옮겨졌다. 알고 봤더니 거긴 사장님의 형이 운영하는 곳이었다. 처음에는 친구와 나는 같이 일을 하게 되었는데 빠지에서 생활하면서 숙식을 해결했다.

아침에 일어나서 거미줄을 걷어내고 말려놓은 구명조끼를 걷어서 정리하고 화장실 청소를 했다. 아침에 청소를 빨리 끝내면 그 시간을 이용해서 수상스키를 연습할 수 있었다. 아침에 청소를 끝내고 탔던 수상스키는 정말 상쾌했다. 일을 한지 며칠쯤 지났을까 픽업을 오신 사장님네 빠지에 코치가 한 명 필요하다고 하였다. 그래서 나는 그 빠지로 가게 되었고 친구와 나는 따로 일을 하게 되었다.

다시 적응을 해야 됐다. 코치형들과 인사를 나누었다. 아침에 청소와 더불어 손님들이 오면 보드, 스키를 준비해주고 보트가 오면 보트가 정박할 수 있도록 도와주고 라이딩 다녀온 손님들의 장비를 건져내는 일을 하였다. 각종 물놀이를 하는 사람들에게 안전 주의사항을 가르쳐 주기도 하고, 보드나 스키를 타는 일을 입수하기 전 지상에서 강습하는 일을 하였다. 그러면서도 아침, 저녁으로 수상스키를 타면서 하루하루 늘어가는 실력을 바라보며 배울 수 있을 때 배워놓자 란 생각을 했다.

보통 여기까지가 1년 차 수상스키 보조강사들이 하는 업무였다. 하지만 선배 코치들이 하는 업무가 부러웠다. 2년 차 선배들은 보트를 운전하면서 손님들 강습을 시키곤 했는데 나도 얼른 보트를 운전하고 싶었다. 보트를 운전하려면 2종 동력수상레저기구 자격증이 필요했다. 선배 코치들이 보던 책을 빌려 공부를 하고 시험공부를 했다. 책을 보면서 이론 공부를 실습했고 보트는 틈틈이 선배 코치들한테 배웠다. 그리고 시험에서 필기, 실기를 다 합격할 수 있었다.

자격증까지 한 번에 합격하자 사장님은 나를 자랑스럽게 생각하고 아들처럼 대해주셨다. 일하는 시간도 재밌었고 일 끝나고 타는 수상스키에도 빠져서 너무 재밌었다. 수상스키는 두발로 타는 투스키에서 한 발로 타는 원스키로 실력이 상승했고 매일 같이 수상스키 타는 동영상을 찾아봤다. 각종 기술 등을 찾아보면서 하루하루 늘어가는 실력에 뿌듯했다. 모든 것이 완벽했다.

그러던 어느 날, 빠지 정리를 끝내고 친한 코치형과 수사 스키 타는 영상을 보고 있었다.

"형님. 저 선수 자세 죽이는데요. 저도 저 정도만 기울기만 가질 수 있으면 좋겠어요."

"컷팅 들어가는 자세가 예술이다 진짜."

컴퓨터를 보면서 얘기를 한참 하자 선배 코치들이 불렀다.

2.

음주운전

〈2〉 경험이 답이다.

그러던 어느 날, 빠지 정리를 끝내고 친한 코치형과 수사 스키타는 영상을 보고 있었다.

"형님. 저 선수 자세 죽이는데요. 저도 저 정도만 기울기만 가질 수 있으면 좋겠어요."

"컷팅 들어가는 자세가 예술이다 진짜."

컴퓨터를 보면서 얘기를 한참 하자 선배 코치들이 불렀다. 코치들끼리 회식을 한다고 술상을 차려주셨다. 생활하면서 힘든 적은 없었는지에 대한 이야기들 언제부터 코치 일을 하기 시작하게 되었는지 등 많은 이야기가 오고 갔다. 금방 술은 동이 났다.

"재영아 가서 술좀 더 사와라."

"네"

카드를 받아 들고 참았던 오줌을 강에다 쌌다. 그리고 컴퓨터 책상 위에 있는 차키를 들고 출발했다. 편의점은 걸어서 10여분 거리 차를 타면 3분인 거리에 있었지만 걸어서 가기에는 멀어 보였다. 코치들이 다 같이 사용하는 은색 갤로퍼에 시동을 걸고 액셀을 밟았다. 이윽고 편의점에 도착하였다. 술과 안주를 사들고 나왔다. 편의점 앞에서 시동을 걸어놓고 담배를 한 대 폈다. 술을 먹고 피우는 담배는 항상 더 맛있는 법. 담배의 연기마저도 고소하게 느껴졌다. 돌아가기 위해 차에 올라탔다. 그리고 빠지로 돌아가는 길. 마주오는 차 헤드라이트가 너무 밝게 느껴졌다. 정면에 차가 있는 것 같았다. 보트를 한참 운전할 때라서 나도 모르게 핸들을 민감하게 꺾었다. 차가 기우뚱했다. 당황해서 브레이크를 밟는다는 게 액셀을 밟았고 핸들도 좌측으로 꺾어버렸다. 차가 윙 소리를 내면서 상가로 돌진했다.

 상가를 뚫고 들어가는 그 순간 갤로퍼 앞 전면 유리가 산산조각 나면서 부서지는 걸 봤다. 팔로 얼굴을 감싸서 보호하려 했지만 충격에 의해서 핸들에 얼굴을 박았고 유리파편들이 이마에 박히며 피로 범벅이 되었다. 차량이 부딪치는 충격으로 인해서 수동기어가 있는 쪽에 무릎이 박혔고 살이 찢겨 나갔다. 무릎에 손가락을 갔다 댔더니 손가락이 들어갈 만큼 벌어져 있었다. 어떻게 대처해야 될지 아무런 생각이 나질 않았다. 차에서 내리려고 시도해봤지만 오른쪽 다리가 움직여지지 않았다. 그 이후 차에서 기절을 했는지 잠이 들었는지 기억이 없다.

 한참 후 코치 형 한 명이 차에 있는 나를 불렀다. 술을 사러 가서 안 오길래 걸어왔더니 사고 나서 있었다 말했다. 응급차는 오고 있는 중이니 조금만 기다리라고 하였다. 다리가 안 움직여지는 것도 술을 먹고 운전을 했던 것도 사고를 난 것도 다 짜증이 났다. 병원을 가면서 계속 욕만 해댔다.

"아!!!!!!!!!! 시팔!"

 옆에 형이 있었지만 참지 못하고 계속 욕을 해댔던 것은 무엇보다 나 자신이 가장 한심하게 느껴졌기 때문이었다. 응급실에 도착해있자 경찰관이 들어왔다. 음주운전 조사를 위해서 협조가 필요하다고 하였다. 너무 두려웠다. 몇 번 거절을 하자 결국 혈액 채취를 해갔다. 찢어진 오른쪽 무릎은 슬개골 인대가 끊어졌다고 하였다. 수술이 필요했고 수술을 했다. 수술을 하고 난 의사 선생님이 다행히도 수술은 잘 됐다고 하셨다. 그 이후 병원에 입원을 하게 되었다. 난 휠체어 신세를 지게 되었고 입원을 해있으면서 해결해야 될 일들이 산더미처럼 쌓였다.

음주 조사 결과가 만취로 나왔기에 운전면허증은 취소가 되었다. 양평경찰서에 가서 음주운전 관련 진술서를 써야 했다. 아버지는 해외에서 일을 하고 계셨기 때문에 보호자인 어머니께 병원으로부터 전화가 갔다고 한다. 어머니는 놀라서 한걸음에 달려오셨다. 어머니는 내가 사고 났던 곳에 가서 피해자분들과 합의를 하고 경찰서도 들리고 많은 일들을 하셔야만 했다.

"이 정도니 천만다행이다."

어머니는 찍어온 사진들을 보여주면서 얘기해주셨다. 들어보니 내가 갤로퍼로 뚫은 상갓집은 1층 건물 형태로 부동산집이 위치하고 있었는데 뒤에는 강이 있었다고 한다. 액셀을 조금 더 쎄게 밟았더라면 강으로 떨어졌을 테고 액셀을 약하게 밟아서 벽을 뚫지 못했다면 그 충격으로 내가 더 많이 다쳤을 거라고 했다. 그리고 평상시에는 그 부동산집에서 고3 아이가 항상 공부를 하는데 그날은 서울에 갔다고 한다.

어쨌든 한 달 동안은 입원을 해야 되는 상황이니 다른 생각하지 말고 재활에 최선을 다하라고 하시고 어머니는 울산으로 내려가셨다. 곧이어 사장님도 오셨다. 사장님은 어떻게 사고 난 건지 물으셨고 난 사실대로 말씀드렸다. 갤로퍼는 폐차를 해야 된다고 하셨다. 너무 죄송 스러웠다. 사장님은 너무 걱정 말라고 했지만 그런 얘기를 들을 때마다 더 걱정되는 나였다. 해외에서 일을 하고 계신 아버지 대신 큰아버지가 전화로 많은 것을 해결해주셨다.

오른쪽 다리가 움직여지지 않는 것은 생각보다 불편한 일이었다. 화장실에 가려면 휠체어를 타고 가야 되었고 대소변을 가리기도 힘들었다. 누구에게도 교통사고 난 걸 알리지 않았었는데 창현이가 병문안을 와줬다. 휠체어를 끌어주면서 밥을 같이 먹으러 갔다. '이제 그만 사고치고 살아있다는 것에 감사해라.'고 말해주었다. 맞는 말이었다.

'오른쪽 다리만 제대로 나아서 원래 걷던 대로 걸을 수만 있으면 다시는 사고 치지 않을게요.'

하고 기도했다. 하느님에게도 부처님에게도 아무나 내 기도 좀 들어달라고 애걸해댔다. 물리치료를 받고 재활운동을 하고는 했다. 무릎은 어느 정도 괜찮아졌고 목발을 짚고 돌아다닐 정도가 되었다. 퇴원을 했다. 그리고 빠지로 돌아왔다. 빠지에서 재활운동을 자주 했다. 물에 들어가서 다리를 접었다 폈다 하는 운동을 매일 했다. 처음에는 물속에서는 다리가 굽혀졌지만 지상에서는 다리 구부리는 게 되지 않았다. 하지만 시간이 지나자 점차 호전되었다. 물리치료와 재활치료를 꾸준히 한 결과 어느 정도 걸을 수 있게 되었다.

2010년 8월이 끝나갈 무렵이었다. 나는 복학에 대한 생각을 하기 시작했다.

'학교로 돌아가서 꼭 졸업을 하고 말 꺼야. 이제는 사고 치지 않고 효도하는 아들이 되어야지.'

아마 음주운전으로 인해 교통사고가 나지 않았다면 빠지 생활을 계속했거나 취업을 준비했을 수도 있었을 거다. 복학에 대한 생각이 확실치 않았던 내가 대학 졸업으로 부모님을 행복하게 만들어드려야겠다는 생각을 하게 된 건 이때가 시작이었기 때문이다. 마지막 날 코치들과 다 같이 회식을 하고 인사를 나눴다.

"다음에 빠지 생활하게 되면 연락드릴게요!"

"그래 잘 지내고"

그렇게 난 1학년 2학기로 복학하게 되었다. 1학년 1학기와 마찬가지로 아무런 준비가 되어 있지 않은 상태로 말이다.

3.

현실의벽

〈2〉 경험이 답이다.

무더운 여름이 지나가고 가을이 다가오고 있었다. 9월 1일 난 울산으로 돌아왔다. 구릿빛 피부는 양평에서의 지난 기억들을 떠오르게 만들곤 하였다. 1학년 2학기로 복학을 하는 거였다. 복학을 할 줄 알았더라면 미리 수학이나 물리 공부라도 해놓아야 되는 건데라고 잠시 후회했지만 이미 지나간 일이었다. 앞으로 다가올 일에 집중해야 됐다.

'안되면 될 때까지'

군대에서 항상 외쳐되던 말이었다. 아침에 일어나서 구보를 하였다. 동네 한 바퀴를 돌고 나면 집으로 와 샤워를 하고 자전거를 타고 학교로 갔다. 수업을 듣고 수업이 없으면 도서관에서 공부를 하였다. 학교에 있는 도서관은 10시면 문이 닫았기에 10시까지 공부를 하고 막차를 타고 집으로 돌아왔다. 준비를 하고 헬스장으로 가서 운동을 하고 하루 일과를 마무리했다. 주말에는 pc방에서 알바를 하고는 하였다.

반복된 생활이었지만 군대를 가기 전 1학기 때와 다른 마인드가 있었다. 몰라도 열심히 한번 해보는 거라고 생각을 했다. 수업에 가면 항상 맨 앞줄에 앉았고 수업시간에도 수업에 최대한 집중을 하려고 했다. 그럼에도 불구하고 수업시간에는 간간히 졸았다. 습관을 바꾼다는 건 결코 쉬운 일이 아니었다. 수학책을 펼쳐서 배운 내용을 보고 있으면 몰라서 고등학교 과정으로 돌아가야만 했다. log가 뭔지 ln이 뭔지 e^0이 뭔지도 모르는데 미적분을 해야 되는 격이었다.

그래도 1학기를 하고 군대를 갔다가 복학한 친구들이 몇 명 있어서 친구들에게 몇 번 묻고는 하였지만 친구들이 설명해주는 수준

조차도 어려웠다. 그게 문제였다. 친구들이 아무리 쉽게 설명해주어도 기본기가 없는 내가 이해하려면 몇 번이나 반복이 필요했다. 친구들은 점점 나에게 설명하는 걸 꺼려하기 시작했고 나도 그걸 감지하고 혼자서 공부하기 시작했다. 인문계에 대한 열등감이 커져만 갔다.

나름 공부를 열심히 한다고 하긴 했으나 동아리 행사며 친구들 모임이며 다 참여를 했던 것 같다. 어느덧 중간고사 기간이 다가왔다. 과목별 공부 스케줄을 짜고 공부를 했다. 그리고 시험을 치러 들어갔다. 문제를 보니 다 봤던 문제들이었지만 여전히 풀리지 않았다. 난 조금이라도 응용문제가 나오면 풀지 못하는 것이었다. 백지를 내고 나왔다. 나 자신에게 너무 화가 나고 속상했다. '난 정말 이것밖에 안되는 걸까?' 하고 많이 묻기도 하였다. 그럴 때일수록 '더 열심히 해보는 거야.' 하고 나를 응원해주었다.

꾸준히 공부는 하고 있었지만 공부량이 부족하다는 생각이 들었다. 주말에 알바도 그만두고 독서실도 등록하였다. 도서관에서 공부를 마치고 버스를 타고 집으로 돌아오는 길이면 그날 공부한 것 때문에 기분이 안 좋았다. 고등학교 기간 놀았던 나를 원망하였다. 나를 원망할 때일수록 일기에는 나를 응원하는 글을 쓰곤 했다. 집에 도착하기 무섭게 독서실로 향해서 공부를 더했다. 어떻게든 공부량을 늘리는 수밖에 없었다.

기말고사 기간이 되었다. 최선을 다해서 공부를 했고 아는 만큼 문제를 풀었다. 그래도 중간고사에 비하면 크나큰 발전이었다. 좋은 결과를 기대하며 한 학기를 마무리했다. 그리고 방학이 되었다. 앞으로의 계획을 세우고 있었는데 나는 계절학기를 듣거나 겨울방학을 이용하여 스키장 알바를 가려고 생각하고 있었다. 그리고 2

학년 1학기가 끝나고 나면 호주 워킹홀리데이를 가야겠다는 플랜을 짜는 중이었다.

한 학기의 성적이 발표 났다. 정말 내가 할 수 있는 갖가지 노력에도 불구하고 2.71이란 학점이 나왔다. 3.0은 넘을 줄 알았는데 충격이었다.

'1학년 1학기 성적도 재수강할 것 투성이인데. 앞으로 재수강이 더 나와서 안되는데..'

1학년 1학기는 학사경고를 받았고 2학기는 2.71. 앞으로 최선을 다해 열심히 해도 재수강할 과목들이 나온다면 내 대학교 커리어에 있어 문제가 많을 것으로 예상되었다. 새로운 전략이 필요했다. 그리고 난 결심했다.

'호주 워킹홀리데이를 조금 더 빨리 가야겠어.'

스키장 알바는 면접에서 붙었지만 일정을 취소했다. 그리고 부모님께 호주로 가겠다고 말했다. 부모님은 꽤나 놀라신 눈치였다. '안된다.'고 단칼에 반대하셨다. 하지만 난 꼭 가겠다고 지금 내 상황을 설명드렸다. 마침내 부모님의 동의를 얻어냈다. 워홀에 대해서는 다음 카페와 블로그를 통해서 많은 정보를 검색해보았지만 그래도 모르는 게 많았다. 유학원을 찾아갔다.

"안녕하세요. 호주 워킹홀리데이 상담하러 왔어요."

"네 안녕하세요. 여기 앉으시죠"

"호주 워홀을 가려고 생각은 하고 있는데 아무런 정보가 없어서요."

"지역은 어디 생각하고 계신 거죠?"

"시드니 생각하고 있습니다."

"아. 시드니요. 시드니에서 어학연수를 하기에는 다소 비싼 감이 있어서 요즘은 필리핀 연계 어학연수도 많이 하시는데요. 필리핀에서 3개월 정도 어학연수를 하고 시드니에서 2달 정도 어학연수를 하는 방향은 어떠세요?"

"필리핀이요? 필리핀이 영어를 하나요?"

"필리핀어학원에서는 스파르타식 교육으로 단기간에 영어실력을 올릴 수 있어서 요즘 인기가 좋답니다. 필리핀 어학연수를 하시는 지역으로는 세부, 바기오와 같은 지역이 유명하고요."

그 외 필리핀 어학연수 장단점과 시드니에서 살 집, 비자 준비 및 신청 관련 설명 등을 해주셨다. 당장 떠나고 싶었다. 몇몇 어학원을 추천해줬는데 어학원도 그 자리에서 선택했다.

"3월에 가장 빨리 나갈 수 있는 날짜가 언제예요? 그 날짜에 출국하는 걸로 할게요."

상담을 끝내고 유학원을 나왔다. 2011년 3월 13일. 출국일이 정해졌다. 출국 날까지 남은 시간은 토익공부와 영어공부를 하기로 결심했다. 문법책을 한 권 사서 공부를 하고 독학으로 토익공부를 했지만 공부를 하는 날 보다 친구들을 만나는 날이 더 많았다. 외국을 가기에 앞서 다시는 못 볼 것처럼 친구들과 어울려 술을 먹고는 하였다. 결국 떠나기 전까지 토익시험도 한번 못 쳤다.

비자와 비행기표 같은 것들은 유학원에서 다 해결해주었다. 시간은 빨리 흘러갔고 3월이 다가왔다. 떠나기 전 아빠가 있던 베트남으로 가족들이 다 같이 여행을 갔다. 가족들과 베트남과 캄보디아를 여행하였다. 군대 가기 전 일본 여행에 이어서 2번째 해외여행이었다. 이제 곧 모든 게 신비롭고 설레는 해외여행을 1년 동안 할 수 있다는 것에 마냥 기뻤다. 가족들과도 1년간 못 보기 때문에 많은 추억들을 남기기 위해서 사진을 많이 찍었다. 베트남 여행에서 가이드가 영어를 쓰면 하나도 못 알아듣고 꿀 먹은 벙어리마냥 눈만 깜빡여 댔다. 호텔 체크인을 할 때도 직원과 영어로 대화를 하는 큰누나가 대단해 보였다. 나도 얼른 필리핀 그리고 호주로 가서 영어를 자유자재로 사용하는 날이 왔으면 하고 생각했다.

베트남 여행이 끝나고 한국으로 돌아와 짐을 쌌다. 어느새 기다리던 출국하는 날. 불안하기도 하면서 설레기도 한 심정으로 가방을 들고 공항으로 향했다.

'앞으로 1년간 목표는 영어다.'

4.

영어를 해볼까?

〈2〉 경험이 답이다.

2학년이 되어야 할 2011년 봄, 나는 휴학을 하고 필리핀으로 출국을 하였다. 필리핀 바기오. 태어나 처음 들어보는 곳이었지만 내가 3개월 동안 영어와 친해져야 될 곳이었다. 몇 개의 어학원 중에서 값이 싸고 맨투맨 영어 시간이 많은 학원으로 선택했다. 비행기를 타고 마닐라를 도착했더니 어학원에서 나온 버스가 대기를 하고 있었다. 버스를 타고 6시간 정도 걸리는 바기오로 향했다. 새벽시간이라 잠을 청했다. 바기오 어학원에 도착했다. 어학원은 규모가 크지 않고 아담했다. 룸을 배정받았다. 2인 1실인데 거실과 화장실은 같이 셰어 하고 옆방에도 2인 1실이 있다.

아침에 일어나서 짐 정리를 하고 돈 환전을 위해서 시내에 나갔다 왔다. 수업을 신청하고 책을 구입했다. 1:1 수업시간 때 하는 책과 그룹 스터디를 할 때 필요한 책이었다. 1:1 수업 선생님은 내가 직접 신청이 가능했다. Noemi, Mae 선생님을 신청했다. 처음 선생님들을 만났을 때는 당황스러웠다. 간단한 자기소개는 가능했지만 그 이후부터가 문제였다. 나는 영어문장으로 의문문을 만들 줄도 모를뿐더러 주어에 맞는 be 동사도 몰랐다. 수능 때 영어공부를 했기 때문에 어느 정도 영어단어를 안다고 생각했는데 막상 해보려니 말보다 몸이 앞섰다.

수업을 열심히 들었다. 저녁시간에는 밥을 먹고 숙제를 했다. 숙제를 끝내고 자기 전에는 미드를 봤다. 아침에 일어나서 자기 전까지 영어를 공부했다. 주말에는 학원에 있는 사람들과 같이 주변 관광지로 여행을 가곤 했다. 처음에 간 곳은 산페르난도라는 해변이었다. 가서 처음으로 서핑을 배우고 물놀이도 하고 사진도 많이 찍었다. 영어를 못하는 것 빼고는 모든 것이 만족스러웠다. 하지만 먼저 온 사람들이 영어는 자연스레 적응될 거라고 걱정하지 말라고 조언해주었다.

2주쯤 지나자 물갈이를 했다. 하루 종일 식은땀이 나고 감기몸살이 걸린 듯 몸이 아팠다. 외국에 나오면 누구나 겪는 과정이라고 하였다. 하지만 타지에서 아프니 괜히 부모님과 친구들 생각이 났다. 이후 주말마다 헌드레즈 아일랜드에 가서 배를 타고 섬들을 구경하는가 하면 캠프 존 헤이에 가서 승마를 하고 팜 그루브에 가서 수영을 하곤 했다. 필리핀 북쪽으로 여행을 가서 비간이라는 곳을 가기도 하였고 파구 풋이라는 곳에서 랍스터를 먹기도 하였다. 벤캅뮤지엄에서 예술작품을 보면서 감상을 하기도 하고 산페르난도 카지노에 구경을 가기도 하였다.

학원에 있는 형들 누나들과 친해지면서 볼링장, 영화관, 쇼핑몰, 펍 등을 돌아다니면서 참 재밌는 시간들을 보냈다. 3개월이란 시간 동안 매일매일이 새로웠고 재밌었다. 걱정하던 영어도 꽤나 많이 늘었다. 놀러 다니면서 영어를 쓰려고 노력하다 보니 학원에서 배울 때보다 훨씬 더 빨리 영어를 익힐 수 있었다. 학원 수료를 할 시간이 다가왔다. 필리핀에서 스킨스쿠버를 배우고 호주로 가는 계획을 짜 놨던 터라 마닐라를 거쳐서 세부로 가야 됐다. 마닐라는 혼자서 돌아다니면 위험한 곳이라 다들 조심하라는 인사를 건넸다. 다행히 안전한 상태로 세부로 향할 수 있었다.

세부에 도착하자 스쿠버 샵에서 픽업을 나와주셨다. 샵으로 도착했다. 6박 7일간 시간이 있었기 때문에 애초에 계획했던 오픈워터 과정에서 어드밴스 과정을 더 해서 강습을 받기로 하였다. 어머니가 스킨스쿠버를 하다가 고막이 터진 적이 있었기에 나보고 조심해서 다이빙을 하라고 하였다. 이론교육부터 배웠다. 그리고 샵에 있는 수영장에서 다이빙을 시작했다. 이퀄라이징이 되지 않아서 연습하는 것부터 시작했다. 샵에 코치로 있는 치홍이 형의 경우에는 침만 삼켜도 이퀄라이징이 된다고 하였는데 난 코를 손으로 막고 수시로 이퀄라이징을 해줘야 했다.

수영장에서 핀킥하는 법을 배우고 호흡하는 법 BCD를 사용하는 법을 배웠다. 그리고 근처 바다에 들어가서 연습을 하고 나왔다. 수영장에서 할 때랑 바다에서 할 때랑 이퀄라이징 압력이 훨씬 차이가 났다. 난 이퀄라이징이 늦게 되는 편이었는데 왼쪽 귀랑 오른쪽 귀가 이퀄라이징 되는 속도도 달랐다. 잠수가 끝나고는 한국에서 스쿠버다이빙을 하러 오신 손님들과 같이 삼겹살에 소주를 먹었다.

다음날 아침, 일어나 테라스로 나오니 하늘색 세부 바닷가가 보인다. 아무 걱정 없이 다이빙만 하는 일정이다 보니 괜스레 기분이 좋았다. 오전 일정으로 다이브를 했다. 이퀄라이징이 제대로 안됐다. 침을 뱉으니 피가 나왔다. 푹 쉬다가 오후에 한 다이빙 이퀄라이징이 잘 되었다. 나는 정말 천천히 이퀄라이징이 되는 편이라 세심한 주의가 필요했다. 세부 바닷속에서 하는 다이빙은 정말 아름다웠다. 형형색색 산호초들과 만지면 부풀어 오르는 노란 복어와 함께 사진들을 찍기도 하였고 해파리와 함께 사진을 찍기도 하였다. BCD를 조절하는 것도 어느 정도 익숙해졌고 핀 킥도 익숙해졌다. 모든 것이 느리게 흘러가는 바닷 속이 좋아졌다. 잠수를 끝내고 세부 바다를 보면서 맥주를 먹고 있으면 행복이란 멀리 있는 게 아니구나 생각하게 만들어 주었다.

그 다음 날도 4번의 다이빙을 마치고 이제는 나이트록스 과정을 하게 되었다. 바닷속 동굴을 가는 코스였기에 기다려졌다. 배를 타고 가서 닻을 내리면 줄을 잡고 잠수를 하였다. 지금까지와는 다르게 수심이 깊은 지역이라서 긴장이 많이 되었다. 강사님이 붙어서 안전하게 이퀄라이징을 하면서 내려갔다. 그리고 동굴을 찾아 가는데 가다 보니 낭떠러지가 나왔다. 발밑에는 아무것도 없었다. 마치 떨어질 것처럼 무서웠지만 바닷속이라 괜찮았다. 부력을 조절해가면서 절벽 밑으로 계속 하강했다. 한참을 하강하였더니 땅에 도착하였고 묘비가 하나 있었다. 여기서 죽은 스쿠버를 위한 추모비인 거 같았다. 잠시 묵념을 하고 동굴로 들어갔다. 입구가 넓고 커서 쉽게 생각하고 잠수하는 다이버들은 안으로 갈수록 좁아지는 동굴 형상으로 인해서 나올 때 산소가 부족해서 죽는다고 하였다. 코치형 들과 사진도 많이 찍고 재밌게 다이브를 했다.

모든 다이빙은 이것으로 끝이었다. 하지만 한국에서 오신 손님들과 다 같이 고기를 구워 먹고 난 또 다음날 아침에 있는 펀 다이빙을 등록했다.

다이빙의 매력에 푹 빠져 버린 것이다. 큰 물고기들을 보고 물고기들 밥도 주고 하는 다이빙이었다. 배를 타고 세부 바다 한가운데로 갔다. 에메랄드 색 바다에서 다이빙 준비를 끝냈다. 그리고 다이빙을 시작했다.

마지막 날, 이퀄라이징을 혼자 하면서 하강할 정도로 실력이 늘었다. 물살은 거셌지만 그만큼 여유가 생겼다. 내려가자 이름 모를 많은 물고기들이 있었다. 고기밥을 뿌리면서 한참 물고기들과 어울렸다. 바닷속에 있으면 여유롭고 마음이 편안해진다. 마치 명상을 하듯 주위는 조용해져서 모든 것이 천천히 움직이는 것처럼 보이기도 한다. 이런 매력 때문에 사람들은 스쿠버를 하게 되나 보다. 마지막 다이빙을 끝내고 수면으로 올라왔다. 형들과 저녁을 먹고 세부에 있는 클럽을 갔다. 그리고 세부에서의 마지막 밤을 즐겼다.

열정과 도전사이

그리고 다음날 아침 비행기를 타고 마닐라로 갔다. 마닐라에서 수속을 밟고 호주 시드니로 향했다. 3개월 동안 필리핀 바기오에서의 어학연수 생활, 그리고 6박 7일간의 세부에서의 꿈같은 시간들이었다.

6월 10일 아침 시드니에 도착하였다. 첫날 도착해서 시드니에 있는 유학원으로 갔다. 유학원에서는 미리 선별해둔 집들을 보여주었다. 난 한인 셰어하우스에 있는 거실 셰어를 선택했다. 거실에 파티션을 쳐놓고 사는 형식이었는데 집값이 비싼 시드니에서는 베란다 셰어, 거실 셰어의 형태로도 셰어를 한다고 하였다.

시드니에는 다행히 필리핀에서 같이 공부를 하던 형들이 있었다. 형들과 함께 산책을 하기도 했고 룸메형과 함께 시내를 돌아다니기도 하며 시드니 생활에 적응해갔다. 어학원은 3개월 코스로 등록하였는데 필리핀에서 생긴 자신감은 다 사라졌다. 호주 특유의 발음과 억양에 적응이 안 되어서 아무것도 들리지 않았다. 여기가 정말 영어권 국가구나 하는 생각이 들었다.

1개월간 학원 연장을 했다. 아이엘츠 어드밴스 반까지 들으며 영어에 어느 정도 자신감이 붙었다. 시간이 지나며 호주에 적응을 했고 어학원에서 사귄 친구들과 친해졌다. 일본, 대만, 인도네시아, 브라질, 러시아 등 많은 국가에서 온 친구들과 함께 수다를 떨고 학원이 끝나면 같이 밥을 먹으러 갔다. 주말에는 같이 술을 마시고는 하였다. 돈이 없어 청소 알바를 해보기도 하였고 초밥 집 주방에서 알바를 하기도 하였다. 시드니에 유학생으로는 나름 적응을 잘해가고 있다고 생각했다.

엄마랑 통화를 하다 큰누나 결혼날짜가 잡혔다고 하였다. 한국에 잠시 들어가야만 했다. 어느 날 초밥집 알바를 끝내고 학원에 들어가기 전 한국에 있는 친구와 전화를 하고 있었다. 친구는 아버지 일을 도와드리다 손을 다쳐서 일을 쉬고 있다고 했다.

"니 할 거 없으면 호주 와라."

"어떻게 가노. 영어도 못하는데"

"내 10월 24일부터 한국 들어갔다가 2주 정도 있다가 호주 다시 온다. 비자까지만 발급받아놔라"

"되겠나?"

"일단 도전해 보는 거지 뭐"

5.

호주워킹홀리데이

〈2〉 경험이 답이다.

2011년 10월 29일.

큰누나의 결혼식이 있었다. 난 호주에서 잠시 돌아와 한국에서 바쁜 일정을 보내는 중이었는데 이유는 속성으로 운전면허를 따야 됐기 때문이었다. 음주운전으로 인해서 취소된 운전면허였기 때문에 특별교통안전교육을 받아야 됐다. 교육도 받고 도로주행을 다시 하는 틈틈이 친구들과 만났다. 그리고 면허를 다시 땄다. 국제 운전면허증도 발급받았다. 이번에 호주에 다시 나가서는 시드니가 아닌 다른 도시로 지역 이동도 생각하고 있었기 때문이다. 이번엔 영어도 영어지만 일을 해보고 싶다는 생각이 컸다.

보통 사람들은 영어, 돈, 여행 3가지를 염두에 두고 워킹홀리데이를 떠난다. 나는 필리핀 3개월 시드니에서 4개월간 영어공부를 했으니 이제는 돈을 한번 벌어보고 싶었다. 물론 영어도 쓸 수 있는 환경이어야만 했다. 시드니에 있는 한 백팩커스에 도착했다. 시티에서 앞으로 우리가 해야 될 일등을 찾아봤지만 영어를 못하는 친구와 할 수 있는 일은 많지 않았다. 공장을 가야만 했다. 소개비 200불을 내면 에이전시 회사를 통해서 공장을 가는 일이 있었다. 공장은 헌터벨리에 위치해 있다고 하였다.

에이전시에서 준비해준 차를 타고 헌터벨리로 지역 이동을 했다. 햄버거로 점심을 먹고 주급을 받을 통장 개설을 하고 공장에 가서 인덕션을 봤다. 그 후 숙소에 도착하여 도시락을 싸고 바로 취침했다. 그다음 날 새벽 4시에 일을 시작하기 위해서였다. 그다음 날 우리가 간 곳은 소 공장이었는데 나는 슬라우터(도살) 파트에 친구는 패킹(포장) 파트에 배정되었다.

내가 하는 일은 소 내장들을 실은 카트가 오면 장기를 분리해서 각 통으로 집어넣고 나머지 필요 없는 내장들은 버리는 일. 근데 소에 있는 내장들 무게가 어마어마하다. 카트에 내장을 실어다 하루 종일 버린다고 힘주어서 카트를 들었더니 손톱 밑에 멍이 들었다. 그리고 내장들이 손질되지 않아서 오는 거라 똥오줌이 묻어있어 비위가 엄청 상했다. 첫날 점심시간에 밥을 먹으려니 비위가 상해 밥도 잘 들어가지 않았다.

매니저에게 친구랑 같이 일할 수 있게 해달라고 부탁했다. 그랬더니 알겠다고 자리 나는 대로 포지션 변경해준다고 하였다. 하루 일과가 끝나고 나서 집에 왔더니 온몸에 힘이 하나도 없었다. 친구랑 나를 제외한 집안사람들은 근무 시프트가 우리랑 다른 야간조라서 취침을 하고 있었기에 방에 불도 켤 수 없었다. 도시락을 싸고 내일을 위해 일찍 잠들었다.

다음날 아침 카트를 밀려고 하니 몸에 힘이 없다. 슈퍼바이저가 지켜보더니 나를 부른다. 다른 포지션으로 이동한 후 시범을 보여줬다. 소 대가리만 덜렁 카트에 걸려 나오는데 대가리를 기둥에 걸고 아주 긴 빠루처럼 생긴 연장을 소 턱에다 꼽는다 그리고 지렛대 원리를 이용해서 턱을 있는 힘껏 내린다. 그럼 소 턱이 빠지면서 덜렁거린다. 그럼 칼을 꺼내서 소 볼을 찢고 안쪽에 살을 분리해내는 작업이었다. 그래도 카트보다는 작업이 수월했는데 문제는 비위였다. 볼살을 찢다 보면 시신경을 잘못 건드리거나 하면 소 눈알이 튀어나올 때도 있었고 빠루로 턱을 열면 혀가 축하고 쳐질 때도 있어서 하면서도 깜짝깜짝 놀래곤 했다. 그래도 잘했는데 마지막 타임에 소 중에서 힘든 BULL이 나왔다. 모든 힘이 다 빠졌다.

마치고 집으로 돌아오는 길. 도저히 못하겠다고 탐워스로 지역

이동을 하자고 했다. 탐워스는 그전부터 알고 있던 지역이었는데 예전 세부에서 스쿠버를 하면서 만난 치홍이 형이 일을 하고 있는 곳이기도 했다.

치홍이 형한테 연락을 했다. 그리고 탐워스로 간다고 했더니 오면 연락 달라고 했다. 숙소에 도착하자마자 짐을 쌌다. 그리고 탐워스로 향했다. 어떻게 가는지도 모르고 무작정 나왔기에 지나가는 사람들에게 물어봐야만 했다. 확실하진 않으나 메이틀랜드라는 곳으로 가면 탐워스로 가는 기차가 있을 거란 얘기에 메이틀랜드로 가는 버스를 탔다. 그리고 기차역에 갔더니 다행히 탐워스행이 있었다.

"탐워스 가는 티켓 2장이요. 대학생 할인되죠?"

학생증을 가치 건네었는데 학생증을 한참 살폈다.

"할인 안 되는 학생증인데."

학생증인데 왜 안되냐고 계속 우겨댔고 결국 할인을 받았다. 나중에야 안 사실이지만 국제학생증은 스티커를 붙여야 된다고 하였다. 탐워스에 도착했다. 백팩커스에서 하루를 보내고 치홍이 형을 만났다.

오랜만에 만난 치홍이 형은 내가 미쳐 세부에 놔두고 왔던 MLB 모자를 챙겨서 들고 와주었다. 형은 숙소도 구해주고 공장 지원도 할 수 있게 도와주었다. 이번에 지원하는 공장은 양 공장이었다. 숙소는 양 공장에 다니시는 분이 운영하는 셰어하우스였다. 숙소 값까지 내고 나자 정말 빈털터리가 되었다. 인덕션을 보고 왔다. 친구가 영어를 못해서 전화가 오지 않을까 봐 불안했다. 기다리던 끝에 전화가 왔다. 다행히 친구와 같이 출근하면 된다고 하였다.

첫 출근, 친구와 슬라우터(도살) 파트에 배정받았다. 헌터벨리에 있는 공장은 소공장이었지만 여기는 양 공장이라서 업무가 조금은 쉬웠다. 우리가 배정받은 공정 업무는 양 뒷다리(아킬레스건) 쪽에 훅을 꼽고 훅을 레일에 다시 거는 일이었다. 한 타임 즉 한 시간 반 동안 7~850마리, 하루에 5000~6000마리 정도를 하는데 어깨가 아팠다. 양쪽 어깨를 번갈아 가면서 일을 하였다. 그래도 일을 하면서 병구랑 나는 웃음이 났다. 둘 다 같은 공정을 하는 것 그리고 일하면서 수다를 떨 수도 있어서 일이 재밌게 느껴졌다.

"그래도 헌터벨리에서 일할 때에 비하면 여기는 천국이다."

"근데 형들 말 들어보니깐 훅도 힘든 편이라던데.."

"어 맞다 이거 할빠에 장기 뜯는다던데. 시급도 28불이라더라."

카셰어를 같이하는 형들에게 장기 파트에 대한 정보를 들은 이유로 나는 슈퍼바이저에게 기회가 되면 병구랑 나는 장기 파트에 들어가고 싶다고 계속 어필하였다. 그러던 어느 날 기회가 찾아왔다. 사람이 없었는지 훅을 꼽고 있던 나에게 슈퍼바이저가 왔다. 그리고 장기 포지션으로 나를 데리고 갔다. Ben이라는 어린 친구에게 설명을 들으며 요령을 배웠다. 미끌미끌하면서 무거운 장기를 잡아 들어 올리는 건 쉬운 일이 아니었다.

"콩팥을 양손으로 잡고 비틀어 들어 올리면서 한 번에 떼어내고 오른손 검지 손가락과 중지로 항문에 손을 넣어 장을 떼어내고 간과 폐를 떼어내고 마지막으로 식도를 눌렀다 들어 올리면서 위와 함께 들어 올려야 돼.

들어 올릴 땐 식도를 꽉 잡고 있어야 안에 내용물이 안 나와!"

한 번이라도 실수를 하면 내장들이 서로 끊어져 떨어지고, 힘을 쎄게 주면 터져서 얼굴에 똥, 오줌이 튀고는 했다. 양 오줌 지린내 장기 냄새도 역겨웠다. 하지만 가장 고통스러웠던 건 손톱이었다. 멍이 들었던 손톱은 힘이 들어갈 때마다 아팠고 반복된 작업으로 손톱이 들릴 때마다 오는 고통을 참아내야만 했다. 하지만 통장잔고도 바닥이었고 내가 버텨내야 친구에게 최소 해볼 수 있는 기회라도 주어지는 것이었다. 일주일쯤 했을까? 크리스마스 기간이 다가왔다. 크리스마스에는 아무 계획이 없었는데 집주인 누나가 물었다.

"우리 골드코스트 갈 건데 너네 같이 갈래?"

"거기가 어딘데요?"

"바다 쪽 도시인데 거기 갔다가 브리즈번 가서 장도 봐오려고"

"저희도 장 봐야 되는데 같이 가요 그럼"

이때는 차가 없었기 때문에 장 보러 가기가 쉽지 않았다. 그리고 한인마트는 시드니나 브리즈번에 있었기 때문에 다른 사람들이 갈 때 따라가야만 됐다. 골드코스트를 갔다. 가는 길에 밥을 먹으며 이동하니 9시간이 걸렸다. 골드코스트의 호텔에 도착했다. 친구랑 서퍼 파라다이스 비치에서 사진도 찍고 골드코스트 시내를 구경했다. 오래간만에 쇼핑도 하고 시간을 보냈다. 일본식 칵테일바에서 맥주를 한잔하고 일찍 잠들었다.

다음날 오전에 일어나 골드코스트 구경을 조금 더했다. 그리고 브리즈번으로 출발했다. 브리즈번에 도착해서 밥을 먹고 장을 봤다. 난 브리즈번에 있는 일본인 친구 Eri를 잠시 만나 이야기를 나눴다.

Eri는 시드니에서 어학연수를 할 때 같이 학원을 다닌 친구인데 항상 친구들을 모으고 다니는 쾌활한 성격의 소유자였다. Eri와 어학연수 때 이야기 등 많은 이야기를 나누다 보니 시간이 훌쩍 지나가 있었다. 이야기를 끝 마치고 주인형과 만나서 다시 골드코스트로 돌아왔다.

그리고 마지막 날 일어나 탐워스로 돌아오는 길 바이런베이에 들렸다. 바이런베이는 포카리스웨트 광고지로 알려져 있다고 하였다. 하얀 등대에서 사진을 찍고 여행을 마무리했다. 7시간 차 안에 갇혀 라디오를 들으며 시간을 보냈다. 주인 누나 덕에 크리스마스 홀리데이 기간에 골드코스트, 브리즈번, 바이런베이까지 갔다 올 수 있었다. 그리고 또 이어지는 뉴 이어 셧다운 기간. 친구랑 나는 시드니에 가서 불꽃놀이 및 스카이다이빙을 하기로 했다.

6.

23살, 3000만원을 벌다.

〈2〉 경험이 답이다.

시드니에 가는 기차를 예매하였다. 갈 때는 기차를 타고 가고 탐워스로 돌아오는 1/1일에는 카셰어 하는 형들의 차를 타고 돌아오기로 약속하였다. 달링하버에 가서 맥주를 먹으면서 불꽃축제를 보고 한 해를 마무리하는 게 계획이었다. 불꽃이 잘 보이는 곳으로 자리를 잡고 맥주를 먹었다. 그리고 카운트다운과 함께 주변 사람들과 서로서로 해피 뉴 이어를 외쳐댔다.

불꽃놀이가 끝나고 집으로 가는 길. 시드니의 가장 큰 조지 스트릿은 차량통제가 되어있었다. 보는 사람들마다 해피 뉴 이어라고 외쳐대며 아주 신나는 축제를 즐겼다. UK형이 친구랑 나의 사진을 찍어준다고 사진을 찍고 있었는데 지나가던 외국인이 그 모습을 보고 다 같이 찍어주겠다며 친절하게 다 같이 사진을 찍어주기도 하였다. 하루를 마감하고 돈을 아끼기 위해 시티에 있는 피시방 야간 정액을 끊고 피시방 의자에서 잠들었다.

2012년 1월 1일, 스카이다이빙과 함께 한 해를 시작했다. 스카이다이빙은 미리 예약을 해놨기에 샵에 도착하자 버스를 타고 시드니 외곽으로 이동했다. 레저를 좋아하는 우리가 기다렸던 레저 끝판왕 스카이다이빙 너무나 기다려졌다.

"와 개 쫄 리는데?"

"뭘쫄리냐, 쫄보새키냐"

설렘반 두려움 반으로 기다리다 보니 간단히 하는 법을 가르쳐주신다. 그리고 다이빙 복으로 옷을 환복 했다. 우리 차례가 되었다. 경비행기를 타고 올라가는데 솔직히 무서웠다. 강사가 긴장을 풀어주려고 카메라로 인터뷰를 시도하였지만 무슨 말을 하고 있는

지도 잘 몰랐다. 이윽고 뛰어내릴 상공까지 다도착했고 마음의 준비를 할 시간도 없이 미끄러지듯이 강사는 뛰어내렸다. 자유낙하 동안 아찔한 중력을 느꼈다. 아무에게도 의지 할 수 없지만 공중에 떠있는 느낌. 말로 표현할 수 없는 그런 감정을 느꼈다. 그리고 이어지는 강사의 신호와 함께 낙하산이 펼쳐졌다. 말로 표현할 수 없는 희열을 느꼈다. 짧은 순간이었지만 너무 행복했다. 이렇게 난 가장 행복한 기분으로 새해를 시작하게 되었다.

시드니에 돌아와서 카셰어를 하는 옆집 주인형한테 연락을 했으나 다른 팀을 태워간다고 자리가 없다고 하였다. 그래서 급히 기차를 예매하러 갔으나 기차 또한 매진이었다. 장기 포지션에서 성실성을 보여주고 인정받으려던 찰나에 결근은 있을 수 없었다.

우리는 피시방에서 급히 중고차 매물을 찾아봤다. 그러다 병구가 중고차 매물을 하나 발견했다. 시드니 시티에 살다가 한국으로 돌아가는 한국인이 판매하는 차량이었다. 친구랑 돈을 모았지만 돈이 부족해서 엄마랑 누나한테 돈을 조금씩 빌렸다. 그렇게 겨우 차를 구입하고 탐워스로 향했다. 호주에서는 둘 다 운전해본 적이 없었다. 병구가 운전대를 잡고 운전하기로 하였다. 시드니를 빠져나오는 도로에서 병구가 갑자기 차를 꺾더니 보도블록이 있는 작은 화단을 날아 넘었다.

"야이 새키야 운전 똑바로 안 하나?"

"아 표지판 잘못 봤다."

"차 안 그래도 오래됐는데 다 부서져서 타워스 못 가면 어쩌려고 그러냐"

"와 진짜 죽을뻔했다. 방금"

다행히 우리는 멀쩡했다. 그리고 자동차도 멀쩡했다. 우리는 무사히 탐워스로 도착할 수 있었다. 그 이후에도 장기 포지션에서 꿋꿋이 일을 했고 마침내 친구도 일을 할 수 있게 되었다. 어느 날, 퇴근하고 집에 가는데 체격 좋은 사람 3명이 보였다. 슬라우터로 새로 온 한국인인 것 같았다. 보통 체격이 좋은 사람들은 펀치 (양털을 벗기는 작업)라는 공정에 많이 배정을 받는데 펀치에 2명 그리고 내가 있는 장기 파트에도 한 명이 왔다.

"안녕하세요"

"반갑습니다. 박동민이라고 합니다."

나보다 나이가 많은 동민이 형은 양 장기 파트에 있으면서 금방 친해질 수 있었다. 형들은 한국에서 보디빌더를 하다가 회의를 느끼고 돈을 벌러 호주에 왔다고 했다.

"형님 돈 벌려면 여기 만한 공정이 없습니다. 처음엔 힘들지만 그것만 버텨내고 요령이 생기면 꽤 할만할 거예요."

동민이 형은 분위기 메이커였다. 영어는 못하지만 아주 밝고 자신감이 있었기에 바디랭귀지로 외국인들과 얘기하거나 하고 싶은 얘기가 있으면 나한테 부탁하고는 하였다. 그런 형을 보면서 중요한 건 언어 실력이 아니라 하고자 하는 열정이구나 하고 생각할 수 있었다. 집에 가면 라면 봉지를 혼자서 뜯을 수 없을 정도로 손이 아팠다. 손은 통통 부었고 매일같이 얼음찜질을 해주어야 했다. 아침에 일어나면 손이 아파 일이 가기 싫었다. 그래도 친구와 함께라 출근을 하였다. 출근을 하면 손톱이 고통스러워 밴드로 손톱을 감는 것부터 시작했다. 밴드를 혹여나 감지 못하는 날이면 하루가 다 꼬이고는 했다. 그래도 친구와 동민이 형이 같이 일을 했기에 버텼다.

그러던 어느 날. 넷북이 고장 나서 모니터가 꺼지지 않고는 했었는데 그걸 보고 오해한 집주인형이 전기를 아끼지 않는다며 그럴 거면 집을 나가라고 하였다. 그전부터 몇 번 경고가 있었고 주인형이 화가 많이 나있는 상태였다. 어린 나 또한 모니터가 고장 나서 그런 거다 등 이것저것 변명하기에는 자존심이 상해서 얘기하는 게 싫었다. 절이 싫으면 중이 떠나는 법. 친구는 원래 살던 집에 계속 머물고 나는 짐을 싸서 나와 동민이 형 집 거실에서 임시로 생활하였다. 시간이 있을 때에는 시내 부동산 가게에 찾아가서 집을 찾아보러 발품을 팔았다. 결국 동민이 형 집 뒤에 있는 집을 렌트했다.

처음 집을 쫓겨났을 때만 해도 왜 이런 일이 나에게 일어나는 걸까 생각을 하고 화도 나고 했지만 시간이 지나고 나니 더 좋은 일이었다. 렌트를 해서 방 셰어를 내어주고 그 돈으로 생활비를 충당할 수 있었다. 그리고 전에 살던 집처럼 집주인 형의 눈치를 보지 않아도 되게 된 것이다. 이렇게 형들과는 이웃사촌이 되었다.

형들과 이웃사촌이 되면서 형들하고는 더 친하게 지내게 되었다. 일도 어느 정도 익숙해지자 퇴근을 하고 운동을 해야겠다고 생각하게 되었다. 손가락은 아파도 운동을 하기에는 문제가 없을 듯 보였다. 형들 중 가장 큰형인 철희 형하고 같이 운동을 다니기 시작했다. 철희 형은 내가 모르는 운동법 등을 가르쳐주었다. 쉬는 날에는 형들과 여행도 같이 갔다. 밥도 같이 먹고 하며 많은 추억을 만들었다.

시간은 빠르게 지나가고 어느새 6개월이 지나 한국에 돌아갈 날이 되었다. 처음 목표했던 30,000불은 못 벌었지만 지금까지 벌었던 돈을 보니 26,000불가량 되었다. 환율로 계산해보니 한국 돈으로 3,000만 원이었다.

내 나이 23살. 6개월 만에 3000만 원을 모으다니 나 자신이 정말 기특했다. 친구는 세컨드 비자를 신청해서 1년간 호주에 더 머물기로 하였다. 나도 많은 생각을 하곤 했는데 고민이 참 많았다. '세컨드 비자를 받아 1년을 더 있을까' 생각을 하기도 하고 호주 전문학교에 입학하여 다니는 생각, 부모님 말씀대로 고졸로 회사에 취업하는 코스 등 다양하게 생각했지만 학교를 포기하고 싶지 않았다.

결국 학교로 돌아가기로 결심했다. 친구가 호주에서 지내야 했기에 집과 차는 정리하지 못하고 그대로 남겨둔 채 시드니로 떠났다.

"형님들 고마워요. 시드니까지 배웅 와주시고"

"아이다 우리 다 뭐 볼일 있어 온 건데"

"니도 햄들하고 잘 지내고 워킹 잘 마치고 돌아 온나"

"그래 알다. 조심히 가라"

"응 간다."

"가보겠습니다. 형님들 그동안 고마웠어요"

1.

휴학생이라면,

〈3〉 스펙UP

2012년 6월 10일. 필리핀 3개월, 호주에서의 1년간 생활을 마치고 한국으로 컴백하였다. 2학년으로 복학하려면 한 학기가 남았었기에 남은 6개월간의 휴학 생활이 남아있었다. 이 기간 동안에는 공인 영어성적을 만드는 게 목표라면 목표였다.

'그래 나도 토익 800점 한번 만들어 보는 거야.'

복학을 하여 학교를 다니게 되면 영어 성적 만들 시간도 없을 거고 영어성적이 있다면 교환학생 같은 제도를 통한 기회가 생기지 않을까 해서였다. 그리고는 제일 먼저 학교 앞 근처 어학원에 등록했다. 아빠가 출근하는 7시에 같이 나가 어학원에 도착하여 책을 읽는다. 8시 시작하는 한 시간 영어수업을 듣고 도서관에 가서 스케줄에 맞게 토익공부를 하거나 책을 읽고는 한다. 그리고 도서관이 닫으면 막차를 타고 집으로 돌아온다. 집에 돌아와서는 옷을 갈아입고 헬스장에 가서 헬스를 1시간가량하고 집으로 돌아와 잠을 청하곤 했다. 이게 내 휴학기간 동안의 생활이었다.

3개월이 흘렀다. 첫 토익시험을 쳤다. 점수는 685점. 필리핀+호주 1년 3개월 그리고 3개월간의 공부 끝에 친 점수 치고는 너무 낮아 실망을 하였다. 하지만 공부를 더 하는 방법 외에는 방법이 없었다. 다음 달에는 745점. '더 오르겠지.' 예상한 그다음 달에는 700점이 나왔다. 12년의 마지막 달 토익점수 785점이 나왔다. 목표였던 800점은 못 만들었지만 그래도 무에서 유를 창조했기에 만족했다.

6개월간의 휴학기간 중 2번의 계절학기를 통해서 재수강을 하고 새로운 취미 만들기에 도전하기도 하며 독서하는 재미를 알게 되어 50여 권이라는 책을 읽을 수 있었다. 2학년이 되기까지는 많은 시간이 걸렸지만 조금은 성장한 기분이었다.

2학년 복학하기 전 겨울방학, 난 태규에게 사진동아리 임원이 되어서 활동하자고 제안하였다.

"네가 1학기 회장하고 난 부회장 하고 내가 2학기 회장 할 때는 니 부회장 하고. 어떤데?"

"나쁘지 않네."

"동아리 방부터 싹 다 바꿔보자."

"그래 한번 해보자."

그렇게 일은 시작됐다. 원래 모든 일의 시작은 청소와 함께 나온다고 했었다. 청소를 시작으로 가구를 이리저리 들어 옮기고 페인트칠을 시작했다. 동아리가 Light&Shadow 흑백사진동아리였으므로 콘셉트는 블랙&화이트로 잡았다. 제일 먼저 벽면을 회색으로 칠했다. 백색 시멘트로 땜빵 메꾸어 가면서 열심히 페인트칠을 했다. 모르는 건 인터넷에서 검색했다. 그다음 창문틀과 문은 검은색으로 칠했다. 처음에는 태규랑 둘이서 하다가 동아리 임원진을 꾸리고 후배들에게도 도움을 요청해서 같이 작업을 했다. 암실 바닥 청소도 깨끗이 하고 오래된 사물함도 더 이쁘게 꾸미기 위해서 예쁜 사진들을 오려 붙였다. 신발장을 책꽂이로 만들고 책상다리를 자르고 롤러를 붙이고 책상도 변화를 좀 주고 벽에다 그림도 그리고 액자도 걸고 애초 3일 예상했던 리모델링은 일주일도 넘게 걸렸다.

그리고 동아리방 리모델링과 계절학기가 끝나면 꼭 하고 싶었던 게 또 하나 있었다.

바로 나 홀로 여행 가는 것. 리모델링을 하면서 일본 여행을 위한 티켓을 사고 리모델링이 끝나자마자 바로 일본으로 가는 비행기에 올라탔다.

호주에서 만난 일본인 친구 유스케를 만나고 이곳저곳 일본 여행을 다니다 오는 게 목표였다. 사실 딱히 준비하고 가는 여행이 아니라 즉흥적으로 가는 여행에 가까웠다. 비행기를 타고 오사카로 갔다.

오사카로 가서 나고야를 가려고 신칸센 티켓을 발행했는데 플랫폼이 어딘지 모르겠다. 승무원한테 물어봤는데 영어를 못한다. 그러다 보이는 외국인한테 물어봤더니 자기도 나고야를 간다고 하였다. 나고야역에 도착해서 공중전화를 찾아 유스케한테 전화했더니 유스케가 역으로 마중 나왔다.

유스케는 나고야 구경을 하는 동안 자기네 집에서 머물러라고 하였다. 유스케 집에서 유스케 어머니가 차려준 볶음밥을 먹고 잠을 청했다. 그다음 날은 나고야성에 갔다. 저녁엔 유스케가 일하는 고깃집에 가서 와규를 먹었다.

"오잼, 내일 보스랑 스키장 가기로 했는데 같이 갈래?"

"스키장? 좋지."

"보드 탈 줄 알아?"

"당연하지 나 레저스포츠 좋아해."

유스케는 서핑을 좋아해서 본다이 비치에 살 정도로 레저스포츠를 좋아하는 친구였다. 다음날 유스케와 유스케 직장 동료들하고 스키장에 가서 보드를 탔다. 한국과는 또 다른 스키장의 매력에 빠진 하루였다. 유스케랑 헤어져서 도쿄에 가야 되는 날이 다가왔다. 근데 유스케도 도쿄에 가겠다고 하였다. 알고 보니 유스케가 도쿄에 취직하여 다음 달부터 살 방을 구하러 갈 겸 같이 가겠다는 거였다. 신칸센을 타고 유스케와 함께 도쿄를 갔다. 도쿄에서 잠잘 곳은 하나비 민박이란 곳 한 곳만 알고 있었는데 방이 다예약되어서 급히 신오쿠보에 있는 피시방으로 갔다. 이케부쿠로에 있는 게스트하우스를 찾았고 유스케의 도움 덕에 예약할 수 있었다.

다음날 아침 유스케와 아사쿠사란 곳을 갔다. 슌타를 만나러 간다고 했는데 유스케는 나를 슌타에게 맡기고는 방 구하러 간다고 하였다. 내가 심심하지 않게 티 안 나게 엄청 신경을 많이 써준 유스케였다. 아사쿠사에는 뭐가 있는지 몰라서 슌타를 따라 걸어 다녔다. 슌타는 이것저것 설명을 해줬다. 일단 처음으로 간 게 아사쿠사 신사. 사진 찍고 놀고 슌타가 길거리에 파는 음식을 사서 먹어보라고 했는데 닭 내장 같은 거라서 못 먹겠다고 거절했다. 슌타한테 유스케가 돌아오는 시간을 물었더니 유스케가 늦게 올 거 같다고 한다.

"이제 사진 찍을 것도 없어. 여기 주위에 또 갈만한 곳 없어?"

"음 동물 좋아해?"

"응 좋아하지."

"그럼 우에노 쥬 가자"

그렇게 남자 둘이 동물원을 가게 되었다. 그래도 여행이니깐 시간 버리고 있는 것보다는 이게 더 괜찮은 계획인 거 같았다. 그리고 동물구경을 시작했다. 판다, 코끼리, 펭귄, 악어, 거북이, 잉어, 개구리, 바다거북이, 플라밍고, 지브라 등 끝이 없었다. 우에노 파크가 꽤나 큰 공원임을 깨달을 수 있었다. 구경을 끝내고 유스케를 다시 만났다. 근처 스타벅스에 갔다.

"도쿄에 와서 해야 되는 게 또 뭐가 있을까?"

슌타와 유스케는 한참 동안 일본어로 얘기를 하더니 내가 꼭 가봐야 되는 유명한 카페 겸 저녁을 먹을 수 있는 곳이 있다고 가자고 했다. 아키하바라역으로 가서 어느 카페에 들어갔더니 서빙하는 여자들이 간호사복 같은 복장을 입고 있었다. 혼자 온 아저씨들이 밥 많이 드시고 있는 분위기에 남자 셋이 가서 카레밥 3개 시켜서 먹었다. 기념으로 폴라로이드로 사진을 찍어줬는데 슌타와 유스케는 내가 여행 온 거니 나에게 가져라고 하였다. 밥을 먹고 유스케랑 슌타랑 작별인사를 했다. 그래도 며칠 동안 같이 다녔다고 울컥했다. 유스케가 말했다.

"오잼 돈 크라이!"

"아엠 낫!"

유스케와 슌타와 헤어지고 숙소로 돌아왔다. 이제부터는 혼자서 여행하는 것만 남았다. 다음날 아침, 숙소에 있는 사람들과 하라주쿠를 가기로 하였다. 요요기공원 앞 구제시장에서 옷 구경을 하고 메이지 신사까지 다보는 계획 일정이었다. 하라주쿠를 이리저리 둘러보고 여유롭게 지내는 사람들, 바삐 걸어가며 쇼핑하는 사람들을 이방인의 눈으로 감상했다. 그리고 시부야까지 걸어갔다. 시부야에 오면 한 번씩 다 간다는 스타벅스에 올라가서 시부야 횡단보도 사진을 수도 없이 찍으며 시간을 보냈다. 역시 여행이란 아무 생각 없이 시간에 구애받지 않고 보낼 수 있는 게 진정 여행 아닐까 생각했다. 숙소로 돌아와 씻고 방에 들어왔더니 미국에서 온 친구들이 있었다. 얘기를 하다 보니 같이 술 한잔 하러 가는 분위기가 형성됐다.

"이름이 뭐야?"

"얀이야."

"난 아르만이야."

"여긴 무슨 일로 왔어?"

"대만에 교환학생을 왔는데 일본에 여행을 왔어"

"여기 근처에 뭐 먹을 거 있어? "

"오코노미야키 집 가볼래?"

그렇게 미국에서 교환학생 온 일행들과 오코노미야키 집을 가서 오코노미야키와 맥주를 시켜먹고 하루를 마무리했다. 다음날 체크 아웃을 하고 혼자 여행을 시작하였다. 오다이바를 구경하고 오사카로 넘어갔다. 오사카 숙소를 기점으로 가이드북에서 본 남바 파크, 신사이바시, 도톤보리, 우메다를 걸어 다니고 날짜별로 고베, 나라, 교토를 방문했다. 그렇게 나의 10박 11일간의 일본 여행이 끝이 났다.

시간이 된다면 혼자서 여행을 가보는 것을 추천한다. 여행을 하면서 다양한 문화를 배울 수 있는 것은 물론 자신감도 가질 수 있게 될 것이다. 그리고 진정 고독을 맛보게 될 것이다.

2.

한국에서 외국처럼 생활하기

⟨3⟩ 스펙UP

2학년 1학기가 시작되었다. 2학년이 되기까지는 꽤나 오랜 시간이 걸렸다. 늦은 만큼 더 열심히 그리고 더 생산적으로 시간을 보내기로 마음먹었다. 먼저 사진동아리에서 부회장으로서의 역할을 잘하기 그리고 대외활동이나 많은 경험하기가 목표라면 목표였다. 대외활동을 뭐할지 찾고 있다가 난 그냥 교내 사회공헌팀으로 유명한 '유토피아'란 단체에서 활동을 시작하게 되었다.

여기서 만난 사람들은 다들 대학생활을 정말 열심히 하고 있었다. 학교 내에 나오는 여러 가지 기획들이 이곳에서 나온다는 것을 알게 되었고 처음으로 기획에 관심을 가지게 되었다. 작은 기획부터 큰 기획까지 운영진으로 활동하고 있던 사진동아리를 통해서 바로바로 실천해 보며 기획하는 법을 터득할 수 있었다.

유토피아에서 한 활동 중 가장 기억에 남는 게 있다면 '이그나이트'란 활동이었던 것 같다. 이그나이트란 '한 사람의 인생은 한 권의 책과 같다'란 모토에 한 명 한 명 자신의 인생을 피피티로 준비해서 짧게 발표하는 거였다. 유토피아에 있는 모든 사람이 발표를 하는 행사라서 피할 수가 없었다. 나도 이날 내 인생 처음으로 발표를 하게 되었다. 남들 앞에서 발표하는 걸 극도로 싫어하는 성격인 줄 알았는데 처음으로 내가 발표를 할 수 있다는 걸 알게 된 날이기도 했다. 이렇게 2학년 1학기는 학교 수업, 사진연구회, 유토피아 활동을 하며 생산적인 시간들로 내 시간을 꽉꽉 채웠다.

2학년 1학기가 끝나갈 무렵 기말고사 공부를 하고 있을 때였다. 난 기계과가 나랑 맞지 않는다는 것을 알았다. 전공 공부를 하면 머리가 아프고 속도 안 좋았다. (한참 후에 병원을 가서 십이지장 궤양을 발견했는데 난 그 병이 이때부터 시작된 거라 생각하고 있다.)

난 전공 공부가 너무나 하기 싫었다. 다른 과로 전과를 하려고 했다. 하지만 부모님이 전과를 반대하셔서 복수전 공정도로 합의를 봤다. 사실 나도 전과까지 하면서 다른 전공을 하고 싶지는 않았다.

이때는 '광고천재 이제석' 책을 보고 막연히 디자인이 멋있어 보였기에 디자인으로 복수전공을 하면 어떨까 하고 생각하고 있었다. 하지만 누계 성적이 3.0이 넘어야 복수전공 신청자격이 주어졌다. 어쩔 수 없이 기계과 성적 또한 잘 받아야만 했다. 그래서 마지막까지 열심히 할 수밖에 없었다. 1학년 때 받은 재수강 과목들은 휴학기간에 미리 재수강을 받아 놓은 상태였다. 2학년 1학기가 끝나고 누계평점을 보니 3.02였다. 가까스로 3점을 넘김으로써 복수전공을 신청할 수 있게 되었다. 복수전공을 신청하고 학점관리를 잘하여 3학년이 올라갈 무렵에는 해외로 교환학생이나 복수학위제도를 신청할 계획을 짰다.

시각디자인으로 복수전공을 신청했다. 교수님을 찾아갔다. 교수님은 방학 동안 몇 가지 그림을 그려오라고 하셨다. 그렇게 2학년 여름방학의 목표는 그림 그리기와 토플 점수 만들기로 정해졌다.

토익점수는 이미 있었고 2학년이 끝나고 3학년 진학 시에 교환학생으로 지원을 하고 싶었기에 토플 점수를 만들어야겠다고 생각했다. 학교에서 하는 토플 수업을 신청해서 들었다. 하지만 학교에서 하는 토플은 수업시간이 너무 짧고 울산에 있기에는 방해 요소가 너무 많았다. 나머지 한 달은 서울에서 토플 공부를 해야겠다고 마음먹었다. 토플 공부를 같이하던 학과 후배 일록이와 함께 서울 기숙사에 올라가서 공부하자고 얘기를 했다.

일록이가 알겠다며 기숙사에 전화해 혹시 남는 기숙사가 없냐고 물었고 남는 기숙사 방이 생기면 연락을 준다고 하였다. 마침 서울에 있는 기숙사 방이 남는다고 연락이 왔고 일록이와 서울에 올라가게 되었다. 서울에서 다니는 학원에서는 토플 수업에 관한 테크닉을 주로 가르쳐주었다. 주 3회 수업을 받고 나머지 시간에는 숙제를 하거나 독학을 했다. 간간히 서울에 있는 친구들을 만나기도 하며 한 달여간의 서울생활을 끝냈다.

토플 공부만 하고 방학을 끝내기엔 너무나 아쉬웠는지 여행 계획을 하나 짰다.

"자전거 타고 제주도 갈래?"

그리고 일록이와 나는 서울에서 내려오자마자 실천에 옮기게 된다. 밤 12시에 학교에서 만나 자전거를 타고 라이딩을 시작했다.

"와 일록아 길 위험하니깐 조심해서 라이딩하자."

"네. 형"

그렇게 한참을 라이딩하고 새벽이 되어서야 부산항에 도착했다. 부산항에서 제주도로 가는 건 그다음 날이었기에 자전거 주차만 해놓고 울산으로 ktx를 타고 다시 내려왔다. 울산에서 일정을 끝내고 다시 일록이랑 부산에 갔다. 자전거 타고 제주도 종주가 목표였다. 태규랑 하규형도 합류했고 배를 타고 제주도에 도착했다. 하지만 1시간도 못 타서 자전거로 제주도를 돌아본다는 건 무리라고 판단하였다. 자동차를 렌트하여 제주도 여행을 시작하였다.

3박 4일이 최초 예정된 일정이었는데 배가 결항돼서 이틀 더 연장을 하였다. 마음대로 되는 것이 하나도 없는 게 여행이기에 받아들이고 재밌게 여행을 즐겼다. 한라산 등정을 하고 성산일출봉도 가고 제주도 현지인이 소개해준 곳에 가서 몸국과 소주 한라산도 마시는 등 여행을 즐겼다. 그리고 울산으로 돌아오는 날. 부산항에서 울산까지 자전거를 타고 돌아와서 씻고 바로 수업을 들으러 향했다. 그렇게 2학년 2학기가 시작되었다.

2학년 2학기. 지금까지와 바뀐 게 있다면 복수전공자가 되어 디자인 수업을 듣는다는 것이었다. 그 외에 사진연구회에서는 회장직을 맡게 되었다. 사진연구회 활동을 하면서 2학기 수업을 참가했다. 학교 정규 수업이 끝나면 토플 수업도 들었다. 학교생활은 만족스러웠지만 진로에 대한 걱정은 여전히 많았다. 복수학위제도로 미국을 가는 것과 취업을 하는 것을 많이 고민하고는 했다. SK에 서류를 넣었더니 서류전형에 덜컥 붙었다. 그래서 취업준비를 잠시 했지만 인적성에서 떨어지고 말았다. 겨울방학에는 토익캠프를 들어야겠다고 생각하고 있었다. 토플 점수, 토익점수만 맞춘다면 미국 복수학위제도로 가는 것도 문제가 될 거 같진 않았다.

10월의 어느 날. 호주에서 양 장기 파트에서 같이 일하던 동민이 형이 연락이 왔다. 공장에 있을 때 인사담당관이었던 Peter가 한국에 온다고 친구랑 다 같이 보자고 하였다. 부산에 가서 형들을 만났다. 몇 년 만에 보는 형들이라 엄청 반가웠다. 들어보니 동민이 형과 태석이 형은 호주에서 벌어온 돈으로 봉구비어를 차려서 술장사를 하고 있다고 하였다. 호주에서 같은 시간을 보냈지만 한국에서 다르게 생활하고 있는 형들이 부럽고 멋져 보였다. 친구랑 언젠가 우리도 저런 멋진 형들이 되자며 말했다.

2014년 새해가 밝았다. 난 겨울방학을 맞아 동계 토익캠프를 들어가게 되었다. 토플 점수랑 토익점수랑 연관이 많다고 제멋대로 생각한 나는 토익캠프를 신청하게 되었던 것이다. 토익캠프는 스파르타식으로 진행되는 거라 기숙생활을 하였다.

'이번 토익캠프에서 점수를 만들고 내년에 교환학생을 가는 거야.'

토익캠프를 하면서 주말에는 ULET(Ulsan Language Exchange Table)이란 모임을 갔다. 모임에서 진상 이형을 만났다. 형은 '외국인 도우미'란 근로장학생을 하고 있었는데 곧 학교에서 지원자를 뽑는다는 얘기를 해주었다. 외국인 도우미는 학교 기숙사에서 외국인과 살면서 외국인들의 문제를 도와주는 거라서 영어실력에도 엄청난 도움이 될 것으로 보였다.

실제로 진상이형은 영어권 국가에 나가지도 않았지만 영어를 정말 멋지게 하고 있었다. 교환학생, 복수학위제 도보다 외국인 도우미 자리가 더 괜찮을 거란 생각이 들었다. 외국인 도우미 자리에 지원했다.

1년간 외국이 아니라 한국에서 외국처럼 생활한다면 그걸로도 괜찮은 성과가 나지 않을까 생각했다.

'한국에서 외국처럼 생활하기'

다이어리에 적었다.

그 이후 나는 기숙사에 들어갔고 사우디아라 바이에서 온 아델이란 친구와 룸메이트를 하게 되었다. 그 후 노르웨이에서 온 킴과 마리우스, 브라질에서 온 아이반, 독일에서 온 이즈마, 일본에서 온 슈헤이 등 많은 룸메이트들과 생활하며 영어를 쓸 수 있었다. 외국에 나가는 것보다 훨씬 더 많은 문화와 언어를 배울 수 있었다.

영어를 쓰는 환경은 자신의 노력에 의해서 만들 수 있다. 언어교환 모임에 참여하고 많은 외국인 친구들을 만들자. 교환학생, 복수학위제도가 아니더라도 영어를 늘릴 수 있는 방법은 다양하다.

3.

창업해보기

⟨3⟩ 스펙UP

토익캠프 생활을 하면서 알게 모르게 창업에 대한 마음이 커져갔다. 얼마 전 부산에서 만난 동민이 형과 태석이 형이 원인인듯하였다. 창업은 멀리 있는 것인 줄만 알았는데 호주에서 동거 동락하던 형들이 창업으로 장사를 하고 있으니 신기할 따름이었다. 그러던 어느 날 "울산 청년 ceo를 모집합니다"라고 적혀있는 포스터를 보게 되었다. 가슴이 쿵쾅거렸다. 울산 청년 CEO 창업 5기 지원을 해야겠다고 마음먹었다.

주말에 은영이와 창업에 대한 아이디어 회의를 하곤 했다. 은영이는 ULET모임에서 만났는데 브라우니 창업에 관심이 있다고 하였다. 그리고 3개월간 필리핀에 갔던 친구가 한국으로 돌아오기만을 기다렸다. 친구랑은 20살 때부터 사업에 대한 얘기를 나누곤 했기에 이 기회에 같이 준비하여 신청하고 싶었기 때문이다.

내가 하고 싶은 사업에 대해서 정리해야만 했다. 스케치북을 꺼냈다. 그리고 UCS라고 적었다. Ulsan Culture Shock의 약자였다. 문화의 불모지인 울산에서 다양한 문화 발전으로 사람들이 충격을 받았으면 좋겠다는 긍정적인 의미를 내포하고 있었다. 이 아이디어는 'I♥NY'에서 발전됐는데 우리 모두가 알고 있는 '아이 러브 뉴욕'에 대한 일화를 읽다가 디자이너 밀턴 글레이저가 로고를 만든 것뿐만 아니라 뉴욕을 세계적인 도시로 만들게 됐다는 생각에서부터 시작되었다.

'내가 태어나서 살고 있는 고향 울산이라는 도시가 세계적인 도시가 된다면 얼마나 좋을까?'

복합 문화공간을 만들고 싶다는 생각 안에서 판매가 되어야 할 것 들을 생각하기 시작했다. 하지만 내가 가진 돈으로 매장을 얻기에는 턱 없이 부족했다. 호주에서 벌어서 엄마에게 줬던 돈 1500만 원을 사업을 명목으로 빌렸다.

"포터를 먼저 사고 그걸 일단 개조부터 하자. 한 3월까지만 맞춰서 하면 안 되겠나?."

"되겠나?"

"되든 안되든 함해보자. 언제는 돼서 했나? 경험이지 뭐."

매장은 안되니깐 푸드트럭을 생각했다. 커피, 브라우니를 파는 푸드트럭부터 시작해서 나중에는 울산과 관련된 기념품을 팔고 싶었다. 푸드트럭에서 어느 정도 돈을 벌면 매장을 알아보면 될 것 같았다. 알아보니 해병대 동기인 종선이가 인천에서 중고차 딜러를 하고 있다고 하였다. 친구와 함께 인천으로 향했다. 인천에서 포터를 구입하고 울산까지 운전해서 왔다. 이제부터는 포터를 멋있는 푸드트럭으로 변신시켜야만 했다. 부산에 특장차 업체를 알아보고 보내줄 시안을 그렸다. 어떻게 만들 것인지 하나부터 열까지 병구랑 아이디어 회의를 하며 시안을 만들었다. 윙바디식으로 열리게 만들기로 결정하고 콘셉트는 검은색과 노란색 베트맨 콘셉트로 하기로 하였다.

창업, 그리고 외국인 도우미로서의 활동, 그리고 푸드트럭 제작 프로젝트까지 많은 것을 동시에 하며 3학년을 맞이 하게 되었다. 푸드트럭 제작은 생각대로 잘 되었다. 경산에 가서 도색까지 끝냈다. 하지만 인테리어에서 한계에 부딪혔다. 결국 전문가의 손길이 필요했다. 아버지께 말하자 청도에 한번 가보라 하셨다. 청도에 가자 목공일을 하시는 정용이 아저씨가 반갑게 맞아주셨다.

"아저씨 이 차로 푸드트럭을 하려고 하는데요. 여기서 선반이 나왔으면 좋겠어요 위에도 적재할 수 있는 선반이 좀 있으면 좋겠고요."

아저씨가 이해할 수 있게 설명해드렸고 아저씨는 다 만들어지면 연락을 준다고 하셨다. 2주가 흘렀다. 아저씨께 인사를 드렸다.

"어떻게 돼있을 거 같니?"

"멋있게 변신해있을 거 같은데요?"

"함 열어봐라."

우리는 윙바디를 열었고 푸드트럭은 탄성을 자아내기에 충분했다.

"와 진짜 멋진데요. 고맙습니다."

"진짜 너무 멋져요! 감사합니다!!"

그리고 외관에 베트맨에 나오는 명대사를 스티커 작업하였다.

"Why do we fall? So that we learn to pick ourselves up."
왜 우리가 넘어지는지 아니? 다시 일어날 방법을 배우기 위해서란다.

　모든 게 다 갖춰졌다. 이제는 장사만 하면 됐다. 처음에는 이동식 카페를 만들려고 했지만 커피머신과 집기들이 너무 비쌌다. 재정상황에 맞고 울산에는 없는 새로운 무언가가 필요했다. 그러다 예전 동남아 여행을 하면서 봤던 봉지 음료수가 생각났다.

'봉지칵테일!'

그리고 자료조사에 들어갔다. 봉지칵테일은 이미 시중에 나와있었다. 바닷가 근처에서도 판매되고 있었고 서울에서도 판매되고 있었다. 칵테일 메뉴를 조사했고 직접 만들어보며 레시피를 완성시켰다. 그리고 드디어 가오픈 첫날. 마지막 인테리어를 손보려고 했는데 차 배터리가 나가서 작업 못하고 한참을 있었다. 전화기가 꺼져서 또 한참을 헤매고 또 마지막엔 발전기 시동까지 안 켜진다.

"오늘 장사하기 전 액땜 다 치르는 건가?"

친구랑 말하고 있는데 다행히 가까스로 발전기 시동이 켜졌다. 드디어 진짜 가오픈을 하게 된 것이다. 역사적인 순간. 더블이를 타고 출동.(우리의 푸드트럭을 더블이라 불렀다.) 아무도 없는 대학로 길거리에 차를 대고 윙바디 한쪽을 열고 장사 준비를 했다. 그러나 아무도 오지 않는다. 한참 손님을 기다리다 조금 더 메인 거리로 이동했다. 오픈하고 장사를 하고 있는데 한 외국인이 지나간다.

"Try this. we gonna give u free drink."

관심을 보이더니 와서 얘기를 시작한다. 뉴욕에서 왔고 푸드트럭 멋있다고. 오늘 가오픈이라고 봉지칵테일을 공짜로 주겠다고 친구들에게 많이 알려달라고 했다. 그리고 이어진 손님들 덕에 시간 가는지 모르고 장사를 했다. 첫 장사 그래도 12만 원을 벌었다. 다음날 아침. 아침에 일어났더니 신기한 일이 벌어져 있었다. 후배 쏘야가 우리가 판매하는 칵테일을 사진 찍어 페이스북의 한 페이지에 제보를 했는데 좋아요가 1200여 개가 눌러진 것. 기적이었다.

이때부터 사람들이 줄을 서서 사 먹기 시작했다. UCS의 첫 번째 프로젝트인 이 푸드트럭 프로젝트에도 이름을 붙여야겠다고 생각했다. 우리는 밤에 나와 장사를 했고 베트맨처럼 힘을 주는 존재가 되고 싶었다. 그래서 아주 간단하게 검은색을 상징하는 블랙 그리고 힘을 상징하는 파워를 붙여 블랙 파워(BLACKPOWER)로 이름 지었다. 나중에 알고 보니 블랙 파워는 흑인 민주화운동을 총칭해서 부르는 말이었다.

블랙 파워 장사는 재밌었다. 그리고 UCS를 위한 발판이 되었다. 그러던 중 신고가 들어오기 시작했다. '차에서 술을 팔아요', '미성년자한테 술을 팔아요' 등 갖가지 신고가 들어와 장사를 못하게 되었다.

울산대에서 삼산 삼산에서 일산지로 이동하면서 장사를 이어 나갔지만 이렇게 까지 장사를 해야 되나 싶었다.

4.

창업과 기획

〈3〉 스펙UP

울산 청년창업 ceo 5기로 활동하게 된 UCS로 많은 프로젝트를 시행할 수 있었다. 첫 번째 프로젝트인 블랙 파워 프로젝트를 시작으로 두 번째 프로젝트로 FTIK프로젝트를 시행했다. 바비문 형 그리고 진상 이형과 함께 보령머드 페스티벌을 참가하자는 얘기가 나왔다. 그 후 형들과 함께 FTIK란 단체를 만들었다. FTIK는 Foreigner Tour In Korea에서 따온 약자로 한국에서 외국인 투어를 만들어보자는 의미로 야심 차게 준비한 단체명이었다.

3학년이 되고 시각디자인을 복수 전공하고 나서 이때 가장 많은 일러스트를 할 수 있었다. 블랙 파워, FTIK프로젝트에 관한 명함, 포스터를 만들고 UCS 옷을 디자인했다. 그리고 필요한 행사라면 모두 직접 기획하였다. FTIK 포스터로 홍보를 하고 참여할 사람들을 모으고 보령머드 페스티벌에 관심 있는 외국인 친구들과 한국인을 모았다. DJ 그리고 술을 지원받고 펜션을 예약하고 버스를 대절했다.

"이것 봐 방이 사진에서 봤던 강하고 다른 것 같아. "

"난 개인방이 따로 있을 줄 알았는데."

몇몇 외국인들은 방이 마음에 안 든다는 컴플레인을 하였다. 하지만 해결 방법이 없었다. 미안하다고 전하고 밤이 되었다. 그런데 다행히도 저녁에 제공되는 무제한 칵테일과 DJ파티 공연에 우리에게 화나 있던 마음을 풀어주었다. 친구들은 보령머드 페스티벌을 즐기고 밤에 술을 제공해주는 바비큐 파티를 하고 났더니 기분이 풀린 것 같았다. 끝에는 이런 투어를 계획해주어서 고맙다고 하기에 이르렀다.

UCS프로젝트로 울산 로컬 브랜드 만들기도 시작하였다. "We gonna make Ulsan brilliant"란 문구와 함께 울산을 위해서 울산을 위한 울산에 의한 브랜드를 만들고 싶었다. 사실은 울산이란 지역문화가 녹아져 있는 로컬 브랜드를 만들고 싶었다. 그래서 티셔츠도 만들고 후드티도 만들고 비니도 만들었다. 제품이 만들어지고 나자 기회는 많이 생겼다. 각종 프리마켓으로 제품을 팔 수 있게 된 것. 백화점에서 청년창업가들에게 프리마켓을 열어주어 참여하기도 하였다. 청년창업에서는 많은 일정이 있었는데 창업캠프와 같은 일정도 있었다. 창업캠프 같은 곳에 가서 다른 사람들의 비즈니스 모델들을 많이 보기도 하였다.

그리고 여름방학이 되었다. 난 시각디자인과에서 가는 교환학생으로 8박 9일간 후쿠오카를 가게 되었고 친구는 혼자서 블랙 파워 장사를 하게 되었다. 대학교 앞에서 장사를 하다가 신고가 들어오기 시작했다. 신고가 계속 들어와서 이동하여 삼산동에서 장사를 하게 되었다. 삼산동에서도 장사는 잘됐다. 삼산동에서도 신고가 들어오기 시작했다. 결국 일산지 해수욕장까지 들어가게 되었다.

후쿠오카에서 돌아왔다. 일산지에서는 푸드트럭 장사를 하며 3학년 2학기를 준비하고 있었다. 병구가 일산지에서 블랙 파워 장사에 신경을 쓰고 있고 난 성남동에 UCS매장을 오픈하기 위해서 태규와 매장 공사를 시작했다. 블랙 파워 장사가 끝나고 새벽에 공사를 할 때도 있었고 주말에 공사를 할 때도 있었다. 태규와 내 힘으로 할 수 없는 선반 목공 작업은 정용이 아저씨 도움을 받았고 무사히 매장 공사를 마무리했다. 푸드트럭 다음으로 두 번째로 가지게 되는 공간이었다. 작은 평수였지만 행복했다.

일산지에는 블랙 파워 푸드트럭이 있었고 성남동에는 UCS 매장이 있었다.

비록 짧은 시간이었지만 벌써 2개의 사업체가 생겼다고 생각하니 뿌듯하고 보람찼다. 또한 혼자라면 할 수 없지만 옆에는 든든한 친구들이 있었다. UCS매장은 공동매장으로 다른 업체들과 함께 쓰는 형태였는데 다 같이 매장을 알리기 위한 이벤트로 큰 기획을 하기로 했다. 다양한 기획 경험이 있는 나는 행사를 기획하게 되었다. 애프터 크리스마스 파티란 이름으로 크리스마스 다음날에 하는 파티였다. 낮에는 가족들이 올 수 있고 밤에는 청춘들이 놀 수 있는 기획을 하고 싶었다. 낮에는 프리마켓과 작은 음악회를 시작으로 강연을 하고 저녁에는 힙합 공연과 디제이를 불러 파티를 하고 나아가 클럽에서의 애프터 파티까지 연결하는 기획을 계획하였다.

모든 인맥을 총동원해서 섭외했다. 작은 음악회는 친구에게 물어 섭외하였고 강연은 SNS 작가로 유명한 반전시인 최대호에게 연락을 취했다. 프리마켓은 매장 인원들이 같이 함으로 해결되었다. MC는 급한 대로 친구가 맡았다. 현수막을 제작하고 사인회 할 공간도 만들었다. 그리고 SNS에 마케팅도 틈틈이 하였다. 크리스마스에는 칵테일을 사서 봉지칵테일을 제작했다.

당일 날이 되었다. 일정에 맞게 부랴부랴 준비해서 스케줄을 소화했다. 기획은 어떤 변수가 생길 줄 몰라 항상 어렵다. 작은 음악회와 프리마켓은 인산인해를 이루었다. 최대호 강연과 팬사인회를 열었는데 그때 사람들이 빠지기 시작하였다. 그래서 마이크를 들고 성남동 거리로 들고 가서 홍보를 했던 기억도 있다. 힙합 공연과 디제이 파티까지 잘 끝내고 나서는 클럽에 가서 참석해준 친구들과 술을 먹었다. 처음으로 다른 업체들과 협업해서 한 기획이라 그런지 많이 기억에 남는다. 업체들과 협력을 하면 시너지 효과를 낼 수 있다는 것을 알게 된 계기였다.

하지만 행복은 오래가지 못하였다. 일산지에서는 사유지에서 장사를 했지만 그럼에도 불구하고 블랙 파워는 식품위생법 위반으로 신고를 당해서 조사를 받게 되었다. 계속되는 신고에 우리는 조금씩 지쳐가고 있었다. 푸드트럭으로 대한민국에서 성공하기란 절대 쉬운 것이 아님을 깨달았다.

"블랙 파워 프로젝트는 정리하고 이제 UCS에 몰두하자"

눈물을 머금고 블랙 파워 프로젝트를 정리해야만 했다. UCS브랜드에 몰두했다. 학교를 다니면서도 새로운 디자인을 만들고 새로운 제품을 만들었다. UCS의 목표는 복학 매장을 구축하는 거였다. 어디에서도 보지 못한 매장이 되어 다양한 제품과 서비스가 존재하는 것. 그게 목표였다. BLACKPOWER장사가 끝나자 친구는 미용학원을 다녔고 태규는 UCS매장에 상주하면서 매장을 관리해주었다. 하지만 브랜드 만든다는 것이 쉽지가 않았다. 특히 제품을 만들 경우에는 소량으로 만들어주지 않기 때문에 돈이 가장 문제였다. 목돈이 필요했다. 소상공인 대출을 통해서 부모님 몰래 500만 원을 대출했다. 그리고 신제품을 만들었다.

3학년 2학기도 어느덧 끝이 나고 겨울방학이 시작되었다. 나는 현장실습이란 수업 아래 현대중공업에서 한 달간 인턴을 하게 되었다. 내 머릿속은 항상 어떻게 UCS사업을 키워나갈까로 가득했다. 그때 사회적 기업가 육성 지원사업에 도전을 해야겠다 마음먹었다.

회사에 출근해서 몰래몰래 사회적 기업 리스트를 뽑아서 사회적 기업의 소셜미션이 무엇인지 기업의 특징은 무엇인지 분석하는 게 나만의 하루 일과였다. 그리고 사회적 기업 육성사업에 지원했다. 프로젝트명은 BLACKPOWER 프로젝트였다. 아프리카와 관련된 소셜미션을 가진 프로젝트였다. 최종면접을 보러 갔다. 설명을 하자 듣고 있던 면접관이 질문했다.

"본인 아프리카는 가봤어요?"

"아프리카는 아직 안 가봤습니다."

"아프리카도 안 가본 사람이 무슨 아프리카 관련 사업을 한다 그래"

맞는 말이면 맞는 말이었지만 억울하고 화가 났다. '차라리 비즈니스 모델이 마음에 안 든다고 말하지.' 이로써 창업을 하기 위해서 휴학까지 신청해놨으나 다 물거품이 된 것이었다. 여기서 떨어질 거라 생각은 안 하고 있던 터라 앞으로 뭘 해야 할지 막막했다. 푸드트럭도 장사를 접은 터라 수익도 정체된 상황이었다. 결단을 내려야만 됐다. 지금 사업체를 계속 이끌고 나가기에는 무리가 있어 보였다. 친구와 얘기를 했다.

"이대로는 죽도 밥도 안 될 거 같다. 좀 더 강해져야겠다."

"어. 난 유명해져야겠다. 유명해지면 모든 게 해결될 것 같다."

푸드트럭과 옷 사업을 하면서 친구와 내가 깨달은 거라면 깨달은 거였다. 난 강해지는 것은 배움에서 온다고 생각하였기에 뜬금없지만 더 넓은 세상을 보기 위해 미국을 가기로 결심했다.

아 그리고 사업계획서는 투자자를 설득하는 일이지 내가 하고 싶은 일을 소설처럼 적는 게 아니란 걸 알았다.

1.

미국
해외인턴쉽

〈4〉 스토리가 스펙을 이긴다.

미국을 가기로 결심한 이후 해외인턴쉽에 대한 정보를 찾아봤다. 전공이 기계 자동차공학이라 미국에 있는 자동차 부품회사로 지원하고 싶어서 해외인턴 담당자를 찾고 면담을 신청했다.

"저 해외인턴에 관심 있어서 왔는데요. 서한오토 USA에 해외인턴으로 지원해보려고 하는데.."

"학점이 몇 점이에요?"

"3.09요"

"토익점수는?"

"780점이요"

"학생은 학점이랑 토익이 타 지원자들보다 낮아서 안될 거 같은데.."

"아 정말요? 진짜 가고 싶은데.. 토익점수를 더 올리면 갈 수 있을까요?"

"학점을 제일 우선으로 보거든.. 그렇게 학점 좀 미리미리 관리해놓지 그랬어."

지원자격에는 학점 3.0 이상이라고 적혀있었기에 희망을 가지고 상담을 하고 간 터라 적지 않은 충격이었다.

해외인턴쉽에 대한 꿈은 접고 폐업정리를 하며 하루하루를 보냈다. 사회적 기업에 탈락하고 해외인턴쉽도 못 가게 되고 난 앞으로 어떻게 살아야 하나 걱정을 했다.

그러던 어느 날 학교 공지를 보다가 디자인 해외인턴을 보게 되었다. 미국에 있는 패션회사인데 디자인 전공자를 인턴으로 채용한다는 내용이었다. 마감일이 당일까지였다.

저번에는 주전공인 기계 자동차공학 인턴으로는 가능성이 희박할 거 같다 했지만 복수전공인 시각디자인으로 해외인턴을 지원해보는 것도 괜찮은 방법일 것 같았다. 해외인턴 담당자한테 전화를 걸었다. 복수전공자도 지원이 가능하냐고 물어봤더니 가능하다고 하였다.

호주 워킹홀리데이 때 만들어 놓은 영문이력서와 한글 이력서를 보냈다. 그리고 며칠 뒤 해외인턴을 주관하는 업체에서 전화가 왔다. 간단한 영어 테스트를 해야 되는데 지금 시간이 괜찮냐고 물었다. 괜찮다고 하자 원어민으로부터 전화가 왔다. 자기소개와 미국에 가려는 이유 등등을 얘기하더니 괜찮은 영어실력이라고 하였다. 그리고 업체에서 다시 전화가 왔다.

"여보세요?"

"안녕하세요 재영 씨 인트락스입니다."

"영어 테스트 결과는 잘 나왔고요. 좋은 이력들을 가지고 계셔서 원활하게 진행 가능할 것 같습니다."

"아 네 감사합니다."

"재영 씨 이력서 수정사항 메일로 보내드릴게요. 수정하시고 포트폴리오 있으시면 업체로 좀 보내주세요."

업체로부터 긍정적인 피드백을 받았다. 내가 할 일은 일 년간 사업하면서 만들었던 제품들, 학교 과제로 했던 작업들 등을 정리한 포트폴리오 제작이었다. 피피티로 지금까지 해왔던 작업들을 정리해서 제출하였다. 문제는 기업매칭이었다. 내 포트폴리오가 문제였는지 디자인 회사들에서 계속 거절을 당했다.

"재영 씨 인트락스입니다."

"네 안녕하세요"

"재영 씨 디자인 회사 쪽으로 기업매칭을 계속하고는 있는데요, 이번에 자동차 부품회사 쪽에 자리가 생겨서 재영 씨가 생각이 괜찮으면 여기 지원해보는 건 어떨까 싶어서요. 재영 씨 주전공이 기계 자동차공학이고 하니깐 잘 맞을 거 같아서요."

"생각해보고 전화 드릴게요."

생각해본다고 하고 전화를 끊었지만 사실 생각할게 별로 없었다. 난 그냥 미국이 가고 싶었던 거 아닌가 다만 디자인으로 가면 뉴욕이나 엘에이에서 생활한다는 거였고 자동차 부품회사로 가게 되면 앨라배마 주로 가게 되는 거였다.

'앨라배마주가 어딘지는 잘 모르겠지만 일단 지원해보자.'

업체에 연락을 해서 지원하겠다고 말했다. 며칠 뒤 기업에서 긍정적인 대답을 들었다는 소식과 함께 화상면접이 있다고 준비해달라고 했다. 예상 질문들과 가고 싶은 이유 자동차 부품회사에서 하는 일 등을 영어로 준비했다. 드디어 화상면접을 보기로 한날. 그런데 전화가 오지 않았다. 떨어졌는가 생각했지만 며칠 뒤로 연기

되었다는 연락이 왔다. 영어면접 대본을 읽고 또 읽어 암기했다. 그리고 화상면접을 봤다.

본인의 강점과 약점을 말하세요, 우리 회사 정보와 우리 회사가 만드는 제품을 소개하시오. 등 많은 질문이 있었지만 다행히 떨지 않고 잘 말했다. 이어진 결과는 합격이었다.

본격적인 미국 수속을 준비하기 위해 학교에서 오리엔테이션을 했다. 오리엔테이션에 참가했더니 나를 보고 해외인턴 담당자가 당황한 듯했다. 그도 그럴 것이 자동차 부품회사로는 내 성적으로는 못 갈 것이라고 했었는데 내가 당당히 오리엔티이션을 참가하고 있었으니 말이다.

"리한 회사 측에서 한 명을 더 구한다고 연락이 왔어요. 기계과나 전기과 친구들 주변 지인들 중 해외인턴에 관심이 있는 사람이라면 좀 알려주세요."

얘기를 듣고 나는 예전 서울에서 같이 토플 공부를 하던 후배 일록이에게 연락을 했다. 일록이도 영어공부를 하러 내년쯤 미국에 어학연수를 갈 생각을 하고 있었으니 괜찮은 기회다 싶었다. 고민하던 일록이를 설득하여 바로 학교에 오게 만들었다.

해외인턴 담당자는 간단한 영어면접으로 일록이 영어실력을 테스트했고 업체랑 매칭을 해주었다. 그렇게 일록이와 같이 미국 인턴십을 준비하게 되었다.

2.

미국에 도착하다.

〈4〉 스토리가 스펙을 이긴다.

인턴을 시작하기에 앞서서 다른 곳을 미리 관광을 하고 싶었다. 우리와 같이 리한이라는 회사에 가게 된 전기과 인회와 함께 날짜를 맞춰서 같이 여행하기로 했다. 그리고 비행기 티켓을 알아보던 중, 뉴욕으로 가는 비행기가 가장 싸서 뉴욕을 여행하기로 하였다. 샌프란시스코를 경유하여 뉴욕으로 가는 비행기를 예약했다. 그리고 마침내 출국하는 날이 다가왔다. 모든 것이 새롭고 두근거렸다. 인천공항에 도착했다. 샌프란시스코에서 경유하는 시간이 짧다고 도착하면 서둘러서 수속해라고 하였다.

10시간의 비행 끝에 샌프란시스코에 도착하였다. 경유를 하기 위해서 샌프란시스코 공항에 도착해서 수속을 받는데 줄이 너무나 길었다. 수속 끝나고 시간 늦을 것 같아 계속 뛰었지만 항공기에 탈 수 없단다. 비행기를 놓친 우리는 12시간 뒤 뉴욕으로 가는 항공권을 다시 예매하였고 남는 시간 샌프란시스코 시내를 구경하기로 했다. 샌프란시스코 다운타운으로 가는 법을 검색해서 버스를 타고 다운타운에 도착해서 내렸다. 한참을 걷다 셀카를 찍으려 주머니를 뒤졌는데 폰이 없다. 버스에서 잠시 졸았는데 그때 폰을 잃어버린 것이었다. 이렇게 나는 미국에 처음 오자마자 폰을 잃어버렸다. 어떻게 하면 폰을 찾을 수 있을까 싶어서 버스가 간 길을 쫓아 가보다가 포기했다. 그때부터 마음이 편안해지며 주위를 둘러볼 수 있었다.

'그래 여긴 샌프란시스코야. 폰 잃어버린 것 때문에 주위를 못 보고 돌아다니는 것처럼 한심한 짓은 할 수 없어.'

그 후부터는 샌프란시스코 거리를 걸어 다니며 구경하고 사진 찍고 하며 시간을 보냈다. 충분히 시간을 보내고 다시 공항으로 돌아가서 뉴욕으로 가는 비행기를 탔다. 뉴욕에서 비행기를 내렸는데 이때서야 일록이가 자기 지갑이 없단다.

한 명은 폰을 잃어버리고 한 명은 지갑을 잃어버리고 총체적 난국이었다. 또한 게스트하우스나 숙소에 대한 정보 없이 무작정 왔기에 한참 동안 헤매어만 했다. 그러다 우연찮게 보이는 한국 여행사에 들어가서 방을 좀 구할 수 없냐고 물었더니 숙소를 컨택 해주었다. 방에 들어가 얼른 씻고 뉴욕을 둘러보기 위해 나섰다. 먼저 타임스퀘어를 갔다. 뉴욕 하면 떠오르는 게 타임스퀘어 밖에 없었다. 사진도 몇 장 찍고 사람 구경 실컷 했다. 허기가 져서 숙소로 돌아갔다. 숙소에서 밥을 해결하고 밤에는 뉴욕에서 핫 하다는 펍을 찾는다. 하지만 못 찾고 결국 한인식당에서 술 먹고 잠들었다.

첫 날 과음을 한터인지라 11시 체크아웃 시간을 넘겨서 일어났다. 다행히 12시까지 체크아웃해달라고 하셨다. 프런트에 짐을 맡기고 이틀째 여행을 하려고 했는데 체력이 없어서 라운지에서 쉬었다. 자유의 여신상을 봐야지 하고 계획은 했지만 정보는 없다. 길을 무작정 걸었다. 돈을 뽑아야 되는데 은행을 못 찾아서 한참 헤매고 돈이 안 뽑혀서 한참 서성이고 결국 자전거를 빌려서 여행을 시작했다. 지도를 보면서 헤매다 결국 페리를 타고 자유의 여신상을 구경할 수 있었다.

이걸로 뉴욕에서 이틀째날도 끝내고 뉴욕에서 애틀랜타로 이동한다. 애틀랜타에서 어번이란 도시까지 리무진 택시를 타고 이동했다. 어번이 앞으로 우리가 살게 될 도시였다. 어번에 도착하자 우리를 담당하는 매니저가 인사로 우리를 반겨주었다. 그리고 숙소와 출퇴근용 차에 대해 안내해주었다. 각방이 따로 있었고 화장실도 방마다 위치해 있었다. 거실만 셰어 하는 형태의 숙소였다. 헬스장은 로비 옆에 위치해 있었고 수영장도 딸려 있었다. 차 같은 경우에는 옵티마란 이름이란 차가 제공된다고 해서 잘 몰랐는데 알고 보니 K5의 미국 모델 이름이 옵티마였다. 모든 것이 너무 마음에 들었다.

회사에 출근을 하였다. 일주일 동안은 OJT기간이라고 하였다. 주말을 이용하여 애틀랜타에 구경을 갔다. 이케아도 가고 이것 저곳 구경도 하고 갈려고 은행 ATM기에 카드를 넣는데 돈이 인출이 안된다. 일록이는 샌프란시스코에서 지갑을 잃어버려 아무것도 없고 인회카드는 뉴욕에서 탄 자전거 보증금으로 돈이 홀딩돼있어서 돈 인출이 안된다. 결국 세명 합쳐 달랑 11불에 차 기름도 없다. 일단 배가 고프니 가까운 패스트푸드점 가서 햄버거 세트 하나 시켜서 세 명이서 한입씩 먹었다. 그리고 직장 상사에게 연락해서 도움을 요청했다.

"저희 숙소로 돌아가야 되는데 기름값이 없어서 못 가고 있어요.."

회사에서 일을 시작하고 첫 주말 나름 잊지 못할 해프닝이었다. 미국에서 맞는 첫 롱 홀리데이. 우리는 왜인지는 모르겠지만 키웨스트를 가기로 하였다. 키웨스트는 미국의 최남단 도시라 날씨가 좋을 때는 쿠바가 보이는 곳이다.

금요일 저녁 늦게 각자 짐을 싸서 자동차에 짐을 실었다. 그리고는 운전석에 앉았다. 운전은 3시간씩 2번씩 하기로 하였다. 운전을 하다가 피곤하면 뒷좌석에 가서 눈을 붙이고 조수석으로 오는 로테이션으로 교대로 운전을 해야 했다. 내가 운전하는 시간은 새벽한 시에서 네시 타임 가장 잠 오는 시간대였다. 잠을 이겨내고 운전을 끝냈다. 스페인어로 '꽃이 피는 나라'라는 뜻을 가진 플로리다 주에 들어왔다.

아침이 밝았다. 아침식사도 먹고 주유도 하고 돈도 찾을 심상으로 고속도로에서 빠져나왔다. 돈을 찾고 크리스피에 들려서 도넛을 샀다. 플로리다에서 먹는 첫 식사는 도넛인 게다. 본래 섬이었던 키웨스트는 플로리다 반도에서 다리를 이어 육지화되었다. 마이애미에서부터 42개의 다리를 건넌다. 이 드라이브 구간은 오버시즈 하이웨이라 불리는데 죽기 전에 꼭 드라이브해야 되는 구간이라 할 만큼 아름답다고 하였다.

실제로 이 구간은 너무나 아름다웠다. 차 윈도로 보이는 바다와 정면으로 보이는 구름을 보고 운전을 하고 있노라면 내가 자동차를 타고 있는 건지 배를 타고 있는 건지 하는 생각도 들었다. 어번에서부터는 총 18시간에 걸친 대장정 끝에 키웨스트에 도착했다. 'Southernmost point'라고 표시된 글을 보고서야 여기가 진짜 미국의 땅 끝이구나 하고 생각했다. 사진을 좀 찍다가 헤밍웨이가 자주 왔던 레스토랑은 끝내 찾지 못하고는 그 근처 레스토랑으로 들어왔다. 캐리비안 스택이라는 메뉴를 시켰다. 고기가 생각보다 연하고 달짝지근한 게 참 맛있다. 허기를 채우고 차에 올라탔다. 숙소는 마이애미에 있으므로 또다시 4시간가량 이동을 해야 한다. 차 안에서 총 22시간을 보내는 여행이다.

다음날 아침, 창가에 밝고 따스한 햇살이 드리운다. 오늘은 마이애미의 사우스 비치에서 한가로이 칠링을 하는 것이 플랜이라면 플랜이다. 수영복으로 갈아입고 비치로 향했다. 말로만 듣던 백사장이다. 썬베드를 빌려 누워 반나절을 보내었다. 해가 저물었다. 집으로 돌아갈 시간이 되었다. 이 여유로운 한 때를 보내고 집으로 가려니 아쉽다. 주차장에 가서 차 문을 열려고 하는데 차키를 들고 있던 인회가 키가 없어졌단다. 엎친 데 덮친 격 비까지 온다. 비를 맞으며 가방을 다 뒤져보고 주머니를 뒤져봐도 없다. 결국 왔던 길을 되돌아 백사장까지 왔다. 퇴근하는 직원들에게 혹시 차키 봤냐니깐 잠시만 기다려달라고 했다. 그러더니 웃으며 이게 혹시 너네 차키냐고 묻는다. 다행이다.

"고마워"

일상으로 돌아왔다. 홀리데이 동안 키웨스트를 갔다 왔다는 이야기를 들은 회사 측은 마일리지를 제한하겠다고 하였다. 2만 마일리지를 넘어서 나오는 마일리지는 마일리지당 가격을 측정한다고 하였다. 불합리하다고 생각했다. 회사 일도 문제였다. 생산관리를 맡은 내가 하는 일은 생산자들의 불편 불만을 듣고 공정관리를 하고 생산량을 관리하는 것이었지만 생산자가 없는 생산라인에 들어가서 생산업무를 하루 종일 보고는 하였다. 생산라인에 투입되는 일이 잦아져서 법인장을 찾아갔다.

"저는 이 회사에서 생산관리업무를 배우러 왔습니다. 하지만 지금은 일반 생산자와 같은 일을 하고 있습니다. 조치를 취해주셨으면 좋겠습니다."

"생산하는 것도 생산관리 업무의 하나야. 그 일이 하기 싫으면 한국으로 돌아가."

마치 외국인 노동자가 된 기분이었다. 해외인턴쉽이란 명목으로 힘없는 인턴생을 막 대하는 태도에 화가 나고 억울했다. 하지만 버텨낼 수밖에 없었다. 법인장과의 마찰을 빼고는 모든 것이 완벽했다. 내 사수인 제프리에게 일을 받을 때보다 법인장이 시키는 일을 직접 할 때가 더 많았다.

어느 날부터는 불량 생산품을 파악하는 일을 시켰다. 새로 투입

된 라인에서 생산된 제품들이 계속해서 불량으로 생산되고 있었는데 불량 생산품을 창고로 들고 가서 다시 역으로 분해해서 원재료를 얻는 일을 해야만 했다. 파악만 하는 일이라면 괜찮았지만 제품을 분해하는 것까지 하고 있으려니 짜증이 났다. 하지만 짜증을 낸다고 해도 바뀌는 것은 없었다.

긍정적으로 생각하기로 했다. 어차피 창고에 쌓인 불량품들을 다 분해하고 파악해야 되는 게 업무라면 조금이나마 효율적으로 할 수 있는 시스템을 만들어야겠다고 생각했다.

망치로 플라스틱으로 된 제품을 부수려니 시간도 오래 걸리고 위험했다. 컨베이어 시스템에서 아이디어를 얻었다. 공장에서 돌아다니는 바퀴를 주어 철로 된 빔에다 용접해 붙이고 그 위에다 제품 박스를 얹어서 밀면 쉽게 이동할 수 있게 시스템화 시켰다. 그리고 그 옆에는 전기톱을 가져다 놓고 제품 테두리를 미리 잘라서 망치로 두드리면 깔끔하게 부서질 수 있게 작업했다. 그리고 마지막 제품이 오픈되면 나오는 원재료들을 놔둘 박스들을 위치해 놔두었다.

톱질-레일-망치질-원재료 순서로 작업공정순서를 만들었다. 이 결과 첫날에는 4~5개 작업하는데 몇 시간이 걸리던 작업들이 10개 20개까지도 작업할 수 있게 되었다. 인턴이 끝나갈 무렵에는 법인장에게 아무런 문제 없이 깔끔하게 보고 할 수 있을 뿐더러 일을 잘하는 이미지마저 보여줄 수 있었다.

3.

멕시코여행은 처음이지?

〈4〉 스토리가 스펙을 이긴다.

시간은 금방 흘러 뉴 이어 홀리데이가 다가왔다. 뉴 이어 홀리데이를 맞아 일록이랑 나는 멕시코 여행을 준비했다. 드디어 여행 당일날. 텍사스를 경유하고 멕시코시티로 왔다. 멕시코시티에서 호스텔로 가는 버스를 몰라서 옆에 있는 중국 여자에게 물었더니 위험하다고 택시를 타라고 한다. 그리고 택시기사에게 호스텔 주소까지 친절히 다 말해주었다. 덕분에 호스텔에 쉽게 도착했다. 밤에는 위험하다는 멕시코시티였기에 호스텔 주변을 잠시 산책하고 잠들었다.

다음날 아침 일어나서 소깔로 광장 주변으로 산책을 했다. 그리고 테오티우아칸을 가기로 하였다. 지하철을 타고 버스를 타고 이동하였더니 테오티우아칸에 도착했다. 영화 같은 데서 많이 보던 피라미드들이 보였다. 태양의 피라미드, 달의 피라미드라 불리는 피라미드들 위에 올라가서 사진을 찍었다. 그리고 천천히 구경을 했다. 날씨가 좋아서 선글라스를 착용하고 있었는데 멕시코 소녀들이 코리아노냐고 물으며 사진을 같이 찍자고 하기도 하였다. 마치 연예인이 된 기분이었다. 테오티우아칸을 구경하고 숙소로 돌아가는 길. 어떻게 가는 줄 몰라 사람들 많은 곳에서 기다리다 버스를 탔다. 버스터미널에 도착해서 지하철을 타고 광장으로 올 수 있었다. 크리스마스라서 광장에는 사람들로 가득했다. 저녁으로 타코를 먹고 호스텔 옥상에서 파티를 즐겼다.

여행의 하루하루는 빨리 갔다. 멕시코시티를 뒤로하고 지역 이동을 하여 플라야 델카르멘으로 갈 시간이 다가왔다. 칸쿤에 도착하여 플라야 델카르멘까지 택시를 타고 1시간 정도 갔다. 택시에 내려서 숙소 체크인을 하고 플라야 델카르멘 해변으로 가려고 하는데 일록이가 소리친다.

"내 폰!"

"왜 없나?"

여행의 묘미인지 여행의 묘미를 만들려는 건지 일록이는 미국에 도착하자마자 샌프란시스코에서 지갑을 잃어버리고 지갑을 찾다가 선글라스를 잃어버린 전적이 있으며 롱홀 리데 이를 맞아 여행 온 멕시코에서 아이폰6와 120불 주고 산 방수 케이스까지 잃어버린 것이다. 혼자 화를 내고 있는 일록이가 눈에 보였다. 나도 덩달아서 답답하고 화가 났다.

"다시 칸쿤 공항 가보자."

나와서 택시를 잡았다. 칸쿤과 플라야 델카르멘에는 택시 조약 같은 게 있어서 왕복으로 택시를 타고 갔다 오는 데는 문제가 좀 있다고 하였다. 칸쿤으로 가기 전 택시 드라이버는 집으로 가서 옷을 갈아입었다. 그리고 칸쿤으로 출발했다. 뒤늦게 칸쿤 공항에 도착했으나 우리가 잡은 택시는 티켓팅을 하고 탄 것이 아니라서 찾지 못한다고 하였다. 플라야 델카르멘으로 돌아오는 길 택시기사가 도움이 되지 못해 미안하다고 말하였다. 마치 우리의 마음처럼 좋았던 날씨도 바뀌어 비가 쏟아졌다.

플라야 델카르멘의 숙소로 돌아왔다. 숙소에서 샤워를 하고 플라야 델카르멘 해변 쪽으로 갔다. 저녁으로 레스토랑에 가서 랍스터를 시켜먹었다.

그리고 약속된 시간이 되어 정철이를 만났다. 정철이는 한국에서 외국인 도우미를 할 때 글로벌 라운지에서 같이 일을 했었는데 멕시코에서 인턴을 하고 세계여행을 하고 있었다. 그러다 마침 플라야 델카르멘에 있다고 하는 정철이와 만나게 된 것.

우리보다 며칠 빨리 와있던 정철이는 이곳저곳을 데리고 가며 소개해주었다. 우리는 플라야 델카르멘이라는 도시가 마음에 들어 예상했던 날보다 더 오래 머물기로 했다. 비치타월을 사서 하루 종일 해변에 누워 태닝을 하였다. 라틴아메리카의 바닷가에서 누워있는 게 신기하기도 했다. 밤에는 클럽도 가고 재미있었다. 호스텔에서 알려준 정보를 통해서 스쿠버다이빙을 등록하기 위해서 스쿠버 샵으로 갔다.

"안녕하세요, 스쿠버다이빙하러 왔는데요."

"어떤 코스 하시게요?"

"무슨 코스 있어요?"

한참 설명을 들어보니 세노떼 다이빙이란 게 있다는데 자격증이 있어야 들어갈 수 있는 동굴 다이빙이라고 하신다. 덧붙여서 스쿠버다이버들에게는 유명한 스팟이라고 하였다.

난 예전 필리핀에서 따놓은 자격증이 있지만 문제는 일록이었다. 우리 비행기 스케줄을 말해줬더니 오늘부터 당장 자격증 교육을 듣는다면 가능하다고 하였다. 등록했다. 일록이는 오픈워터 자격증 코스를 받고 난 근처 바다에서 상어를 보는 펀 다이빙을 한번 하기로 하였다.

그리고 2015년 마지막 날 세노떼 다이빙을 하게 되었다. 핏 하고 도스 오조스란 포인트였는데 둘 다 40m의 딥 다이브였다. 이런 민물에서 하는 동굴 다이빙은 처음이었기에 신났다. 인스트럭터의 설명을 듣고 준비하였다. 다이빙을 많이 안 한 일록이가 산소가 안 나온다고 하길래 일록이 산소통도 오픈해주었다. 그리고 내 산소통도 나오는지 확인을 해봤다. 그리고 최종적으로 다 같이 잠수 하강을 시작했다.

이퀄라이징에 신경 쓰면서 얼마나 내려갔을까? 산소가 잘 안 나온다는 느낌이 들었다. '에이 설마' 하고 더 내려가는데 산소가 안 나오는 게 맞다. 숨이 안 쉬어졌다. 이 상황을 빨리 인스트럭터에게 알려야 한다는 생각이 들었다. 하지만 인스트럭터는 나보다 빠르게 하강 중이라서 내 발 밑에 있는 상황. 필사적으로 밑으로 하강을 해서 산소통이 덜 열린 것 같다고 수신호를 보냈다. 하지만 손목에 있는 다이브 컴퓨터를 보면서 다이브 한 시간을 확인한 인스트럭터는 내 의견을 무시하고 계속 하강하려고 하였다.

그래서 나는 산소가 없을 때 쓰는 죽는다는 표시의 수신호를 보냈다. 그제야 놀란 인스트럭터는 자기에게 있는 보조 호흡기를 주었다. 보조호흡기를 입에 물었지만 나는 정신이 혼미해지고 있었다. 호흡기를 입에 넣고 산소를 먹기 위해서는 물을 불어내야 되는데 그것조차 되지 않았다. 물먹으면서 공기 흡입도 못하고 당황해서 어쩔 줄 몰라 하자 인스트럭터가 공기 흡입할 수 있게 흡입기에 있는 버튼을 몇 번 눌러주었다. 그제야 산소가 들어왔다. 그 이후 수면 위로 올라가서 산소통을 열고 다시 다이브를 하게 되었다. 정말 한 순간의 실수로 어이없게 죽을뻔 한 웃지 못할 해프닝이었다.

다음 포인트로 도스 오조스란 포인트로 갔다. 여기에서는 스노클링을 하는 사람들도 많고 다이버들도 많기 때문에 라인을 지어서 다이빙을 해야 된다. 그리고 밑에 모래를 차지 말라 등 주의사항이 많았다. 하지만 라인이동을 하는데 아직 bcd 컨트롤을 제대로 마스터하지 못한 일록이가 부력 때문에 왔다 갔다 하자 인스트럭터는 우리 둘을 떼어놓고 입구에 대기시키고 다이빙을 갔다. 다 못봐서 아쉬웠지만 어쩔 수 없는 일이었다.

스쿠버다이빙을 마치고 저녁에는 호스텔 옥상에서 파티를 하였는데 카운트다운할 때 되어서 거리로 나가려고 했지만 놀다 보니 시간을 놓쳤다 결국 옥상에서 이탈리아 친구들과 파티를 하면서 2016년 새해를 맞이하게 되었다. 그리고 클럽을 가려고 거리로 나왔는데 인파로 인해서 거리 자체가 클럽이 되어있었다. 새로운 경험이었다. 만나는 사람들마다 해피 뉴 이어라고 인사를 나누었다.

2016년 새해가 밝았다. 칸쿤으로 이동하였다. 칸쿤에서 해변을 잠시 보고 숙소 앞에서 저녁을 먹었다. 다음날 새벽 비행기였기에 숙소로 빨리 돌아갔다. 새벽에 숙소 측에서 준비해준 택시를 타고 공항으로 향했다. 이렇게 멕시코 여행을 끝냈다.

멕시코에서 텍사스를 경유했다. 통장조회를 해봤더니 총 19불이 있었다. 그리고 주머니에 남은 페소들이 내가 가진 돈 전부였다. 2016년 새해와 함께 다시 시작이란 말이 맞았다. 주머니에 돈은 없어졌으나 경험은 많아졌다.

이번 멕시코 여행에서도 참 많은 해프닝이 있었다. 롱홀 리데 이를 잘 보낸 거 같아 괜히 기분이 좋아졌다. 멕시코 여행을 가기 전까지만 해도 치안이 위험한 나라라고 생각하고 딱히 할 게 없는 나라라고 생각했었는데 막상 직접 가보니 내가 색안경을 끼고 바라본 거구나 하고 느낄 수 있었다. 역시 경험이 답이다.

4.

UMF는 마이애미의 축제

〈4〉 스토리가 스펙을 이긴다.

2016년 새해가 밝았다. 멕시코 여행 후유증이 컸지만 일상으로 돌아왔다. 회사를 다니면서 주말에는 애틀랜타로 종종 가기도 하고 회사 동료들과 술을 마시기도 하였다. 미국에서의 회사생활은 지루했다. 〈부의 추월차선〉을 읽고 예정보다 한국으로 일찍 돌아가야겠다는 생각을 했다. 하지만 한국으로 돌아가기에 앞서 미국 마이애미에서 UMF(Ultra Music Festival;해마다 전 세계에서 열리는 일렉트로니카 페스티벌로 미국 마이애미에서 처음으로 열렸다)는 꼭 즐기고 가고 싶었다.

UMF가 있는 3월이 되었다. 회사는 축제 전 그만두는 걸로 하였다. UMF 티켓을 사고 마이애미에 갔다. 예전 플로리다에 갈 때는 10여 시간을 운전해서 갔는데 비행기를 탔더니 2시간 만에 도착했다. 숙소는 사우스비치에 위치해있었는데 가는 법을 모른다. 인포메이션에 가서 직원에게 물었더니 택시를 타는 걸 추천해주었다. 버스와 택시 가격이 비슷하다고 하였다. 그래서 택시를 타고 35불로 흥정을 하고 출발하였다. 가는 길 차가 막혔다. 택시기사 아저씨는 연신 욕을 해댔지만 우리는 UMF열기로 인해 설레고 있을 뿐이었다.

숙소에 도착해서 짐을 풀었다. 숙소는 한적하고 깨끗했다. 먼저 도착해 있던 독일 친구들 마린과 야신이란 친구들이 있었는데 자기네들도 이제 UMF공연장으로 간다고 같이 가자고 하였다. 우리 일행은 게스트하우스에서 제공해주는 밴을 타고 공연장으로 향했다. 밴에서는 실시간으로 DJ들이 공연하는 음악이 나오고 있었다. UMF기간이 되면 마이애미 시 전체가 축제의 장이 되는구나를 실감할 수 있었다.

줄을 서서 기다리고 있는데 옆에 있는 사람이 일록이 셀프봉을 보고 그건 왜 들고 있느냐고 반입 불가라고 말해주었다. 가방 들고 있는 사람들도 아무도 없어서 그 친구에게 가방은 반입 가능하냐고 물었더니 그건 잘 모르겠다고 했다. 자연스럽게 가방을 벗고 청자켓으로 가린 뒤 들고 들어갔다.

야신과 마린은 좋아하는 노래 취향이 달라서 따로 놀기로 했다. 일록이와 나는 스테이지들을 돌아다니며 구경하다가 메인 스테이지를 발견하고 거기서 놀았다. 크고 작은 스테이지들이 7개 정도가 위치해 있었으며 메인 스테이지의 규모는 환상적이었다. 시각적으로나 청각적으로 모든 게 만족되었다. 딱 한 가지 아쉬운 게 있다면 공연장에서 파는 음식과 술값이 살인적으로 비쌌다는 거였다. 꿈에 그리던 UMF공연 첫날은 모든 공연이 끝이 난 뒤에야 숙소로 와서 잠이 들었다.

둘째 날. 일어나서 호스텔에서 준비해준 조식을 먹으며 어제 공연장에서 사람들이 메고 다니던 호스가 달린 가방을 검색해봤다. 많은 사람들이 메고 있었는데 문득 그 가방에 술을 채워가면 더 재밌게 놀 수 있을 거란 생각을 했다. 하이드레이션 백이라는 이름을 가진 가방이었는데 보통 자전거 샵에서 판매를 하고 있었다. 그 가방을 구입하기 위해 호스텔을 나서고 버스를 탔다. 버스를 잘못 타는 바람에 10분이면 가는 거리를 돌고 돌아 두 시간 만에 도착했다. 축제기간이라 품절된 곳들이 많았다. 두 번째 샵에서 가방을 발견했다. 근데 온라인 가격은 30불 정도였는데 오프라인 가격은 50-70불이어서 막상 사려니 좀 아까웠다.

"한번 둘러보고 올게요."

"이거 지금 사람들이 많이 찾고 있어. 갔다 오면 없을 수도 있을걸?"

아저씨의 말에도 불구하고 다른 가게를 갔지만 그 매장에서는 가격이 100-200불이었다. 다시 원래 매장으로 돌아왔더니 이미 아시아 여자애들 3명이 우리 가방을 사고 있었다. 눈앞에서 놓친 것이다.

"봐 내가 말했지"

아저씨가 말하셨다. 더 약이 올랐다. 일록이는 그냥 사지 말자고 늦었으니 UMF 보러 이만 출발하자고 하였다. 근데 뭔가 아쉬웠다.

"아까 그 매장으로 가서 그냥 가방 한 개만 사자."

그렇게 100불짜리 가방 하나만 사고 공연장으로 향했다. 보드카를 사서 넣고 싶었지만 마땅히 보드카를 파는 곳이 없다. 주위를 둘러봤더니 와인 가게가 보였다. 들어가서 1.5리터짜리 와인을 샀다. 맥주 2캔도 편의점에서 사서 가방 안에 넣으려고 했더니 웬걸 와인병에 코르크 마개가 있었다. 병 입구를 날리기 위해서 땅에다 내려쳤는데 병 가운데가 날아가버렸다. 거의 다 흘리고 조금 남은 와인을 가방에 담고 맥주 2캔도 담았다.

시간을 보니 유명한 DJ들이 무대에 오를 시간이라서 많은 사람들이 이미 줄 서있었다. 우리도 줄을 서서 기다렸다. 그리고 마침내 입장을 했다. 입장을 하고 뒤를 돌아보니 일록이가 없었다. 입구에서 한참을 기다렸다. 폰도 꺼진 터라 시간도 못 보고 너무 답답하였다. 그러다 옆에 있는 사람한테 물어봤더니 3시간이 지나있었다. 에이 그냥 나 혼자라도 놀아야겠다 싶어서 마지막 무대를 보러 갔지만 금방 끝나버렸다. 너무 아깝고 화가 나서 일록이를 만나면 욕이라도 한참 해야겠다고 생각했는데 한편으로는 걱정도 됐다. 공연이 다 끝나고 호스텔에 돌아왔더니 일록이가 있었다.

"니는 뭐하는 놈이냐?"

"나 못 들어갔다."

알고 봤더니 안내원이 바코드를 두 번 찍어놓고 이 후 인식이 안되는 티켓을 암표라고 말하며 일록이 티켓을 압수해버렸던 것이다. 일록이는 공연장 밖에서 내가 나올까 봐 3시간 기다리다가 내일 공연 볼 티켓을 150불이나 더 주고 사서 집에 돌아왔다고 했다. 괜스레 일록이가 측은해졌다. 그렇게 UMF 둘째 날은 망한 채로 지나갔다.

다음날 아침. UMF 마지막 날이었다. 그 전날은 급하게 가느라 보드카를 미처 못 샀으므로 미리 리쿼 샵에 가서 보드카를 구입했다. 하이드레이션 백에 보드카와 오렌지주스를 섞어서 준비했다. 준비도 다되었고 맥도널드에 들려서 햄버거를 하나 먹고는 오늘은 빨리 입장하기 위해 서둘러 공연장으로 갔다. 낮이라 그런지 입장할 때 검사를 꼼꼼하게 한다. 하이드레이션 백 가방 안 색깔을 보더니 우리를 잡는다.

"일록아 이거 못 들고 들어가나 본데? 그냥 버려 버려라"

일록이가 술을 버리려고 뚜껑을 열고 있었는데 표 검사원이 별로 신경을 안 쓴다. 그래서 그냥 버리지 않고 들어갔다. 셋째 날 입장도 빨리했고 일록이도 잘 들어왔고 술도 있었다. 모든 게 완벽했다. 우리는 이 날 아주 멋진 공연들을 보았다.

"일록아 진짜 최고다. 오늘 하루가 어제 하루를 커버해주는 거 같다."

"응. 형 진짜 짱이네."

UMF가 끝나고 호스텔을 옮겨서 하루를 더 머무르며 마이애미 시티를 구경했다. 그리고 다시 비행기를 타고 애틀랜타로 애틀랜타에서 어번으로 돌아왔다.

짐을 싸서 한국으로 보내고 숙소 청소를 했다. 그래도 몇 개월간 살았던 곳이라 막상 떠난다는 생각에 아쉬웠다. 어번에서 못 해본 것들을 하기로 했다. 어번대학교에서 사진을 찍기도 하고 어번대학교 앞 펍에 가서 술을 마시기도 하였다. 앞으로 있을 미국 서부여행을 준비했다. 미국 서부여행이 끝나면 캐나다 그리고 쿠바까지 여행을 하고 한국으로 돌아갈 계획이었다.

라스베이거스-그랜드캐년-LA-토론토-나이아가라-쿠바를 가는 게 우리의 남은 여정이었다. 그리고 그 계획을 실천하는 날이 다가오고 있었다.

6.

미국서부 - 나이아가라 - 쿠바

〈4〉 스토리가 스펙을 이긴다.

애틀랜타에서 다섯 시간의 비행 끝에 라스베이거스 공항에 도착했다. 버스를 타고 호스텔로 도착했다. 오늘 계속 굶은 상황이라서 뭐라도 먹을걸 찾기 위해 다운타운으로 나갔다. 그러다 핫도그 집을 발견해 핫도그를 사 먹고 호텔에 있는 카지노를 구경 갔다. 다음날 일정이 있기에 많이 놀 수는 없었다. 아쉬움을 뒤로하고 호스텔로 돌아갔다.

아침이 밝았다. 팬케익을 구워 먹고 짐을 싸서 공항으로 향했다. 공항에 가서 렌트를 하고 그랜드캐년으로 가는 게 계획이었다. 공항에 도착해서 렌트를 하는데 원래 예약했던 $107의 콤팩트카는 조금 위험할 수도 있다고 인터미디에이트 카로 업그레이드하는 게 어떻겠냐고 물어본다. 흔쾌히 알겠다고 하자 보험도 물어본다. 가격이 원래 생각했던 것보다 많이 올랐지만 그래도 그렇게 한다고 하였다. 괜히 문제 생기는 것보다 나을 테니깐. 차를 받기 전 꼼꼼하게 살펴보고 사진도 찍었다. 그리고 출발하려니깐 그 차가 아니란다.

"너네는 LA에서 반납할 거니깐 그 차 말고 저차 타고 가!"

차는 엘란트라다. 한국에서는 아반떼. 조금 늦은 감이 있어 그랜드캐년으로 바로 출발했다. 가는 도중 배가 고파서 킹맨이라는 도시에 도착해서 인 앤 아웃 버거에 들렀다. 미국 서부는 미국 처음 왔을 때 샌프란시스코에만 잠시 들린 것 빼고는 정보가 없어서 모든 것이 신기했다. 그랜드캐년에 도착했다. 티브이나 사진으로 보았을 땐 몰랐는데 포인트가 엄청나게 많았다. 그리고 그랜드캐년을 너무 만만하게 봤는지 바람도 많이 불고 날씨가 너무 추웠다. 이곳저곳 돌아다니며 사진을 찍고 포인트를 다 돌고 나자 해가졌다.

폰이 꺼져서 차를 찾는데 고생했다. 원래 목적했던 곳은 페이지란 도시였지만 구글맵에 찍히지 않아서 플래그스태 프란 곳으로 다시 돌아갔다.

월마트에서 먹을 것도 좀 사고 밥 먹을 곳을 찾다가 버펄로 윙을 검색했더니 근처에 있었다. 버펄로 윙에서 간단하게 요기를 하고 다시 페이지로 이동하기로 하였다. 페이지에서 그다음 구경할 곳들이 가까웠기 때문에 그만큼 시간을 줄이는 게 효율적이었다. 밤 운전은 일록이가 하기로 하였다. 페이지에 있는 월마트의 주차장에 도착해서 차를 주차하고 차에서 자고 일어났다.

아침에 들어오는 햇살이 너무 눈이 부셔서 일어났다. 그리고 홀슈 밴드를 보러 갔다. 홀슈 밴드도 신기했지만 역시나 바람이 많이 불었다. 미국 서부라고 따뜻한 옷을 안 챙겨 온 게 후회가 되었다. 맥도널드에서 맥모닝으로 아침을 먹고 앤탈롭 캐년을 보러 갔다. lower antelope이란 포인트였는데 사암 협곡으로 사다리를 타고 좁은 틈을 따라 지하로 내려가서 보면 사암의 형태가 어우러져 시시각각 변화하는 독특한 아름다움을 볼 수 있는 곳이었다. 빛이 들어옴에 따라서 협곡의 색깔이 달라 보였다. 감탄을 연발하며 구경하고 사진을 찍었다. 그랜드캐넌 -홀슈 밴드 - 앤탈롭 캐년 이렇게 보고 다시 라스베이거스로 돌아갔다.

우리가 라스베이거스를 다시 돌아온 이유는 따로 있었다. 라스베이거스에서 3대 쇼로 유명한 O쇼, 카쇼, 르 레브 쇼 중 카쇼를 보기 위해서였다. 이런 쇼는 한국에서도 잘 안 봤기 때문에 너무 재밌게 잘 봤다. 보면서 부모님이 보면 좋아하시겠다는 생각을 많이 했다. 벨라지오 분수쇼를 끝으로 라스베이거스에서의 날을 마무리했다. 호스텔에서 일어나 아침을 간단히 챙겨 먹고 차를 탔다. 새크라멘토로 가야 되는데 가는 도중에 데쓰벨리를 들렸다가기로 하였다. 별 기대 없이 왔는데 그랜드캐년만큼이나 이뻤다. 데쓰벨리를 거쳐 요세미티 국립공원을 거쳐서 가는 일정이었지만 요세미티로 가는 길이 막혀서 베이커즈필드 쪽으로 우회해서 가야만 했다.

아침에 일어나 새크라멘토로 향했다. 새크라멘토에서 조금 떨어진 로디라는 마을이었는데 가는 이유는 따로 있었다. 바로 스카이다이빙을 하기 위해서였다. 난 호주에서 스카이다이빙을 해봤던 기억이 있었지만 일록이는 스카이다이빙이 처음이었다. 파라슈트센터라는 스카이다이빙 샵이 나오는데 다이브 가격이 100불 밖에 안 했다. 고 프로 같은 카메라가 있는 사람들은 마운트만 빌려서 촬영할 수 있었다. 두 번째 스카이다이빙이었지만 여전히 스릴 넘쳤다.

새크라멘토에서 일정을 끝냈으니 샌프란시스코로 향했다. 시내에 도착해 맛집으로 유명한 레스토랑에 가서 스테이크를 먹고 펍에 가서 놀기도 하였다. 금문교를 보고 소살리토라는 마을을 보았다. 샌프란시스코의 일정은 1박 2일이었기에 다음날 LA로 바로 이동하였다. 호스텔에 도착해 파티로 밤을 보내고 산타모니카 비치도 가보고 펍에 가서 놀고 할리우드 사인 앞에서 사진도 찍었다. 다음날 베니스 비치에 가서 해변을 보고 미국에서의 여행을 마무리 지었다.

비행기를 타고 몬테 리얼을 경유해서 토론토로 왔다. 호스텔을 잡고 동네 구경을 나갔다. 저녁을 먹으려니 마땅한 게 없어 라멘집에 들어가 라멘을 먹었다. 그 전날까지만 해도 상의를 탈의하고 해변에 누워있었는데 눈이 있는 한겨울인 토론토에 오니 신기했다. 그리고 옷이 없었기에 너무 추웠다. 다음날 나이아가라 투어가 예약되어있어서 호스텔로 돌아와서 일찍 잠들었다. 나이아가라 투어는 만족이었다. 현지 가이드가 나이아가라뿐 아니라 캐나다의 전반적인 정보를 주어서 캐나다에 대해서 훨씬 이해하는데 도움이 되었다.

우리가 아이스하키라 부르는 건 잘못된 거라고 하키라고 부르는 게 맞다고 가르쳐주었고 맥도널드가 유일하게 성공 못한 곳이 캐나다라고 하였다. 그 이유는 캐나다인의 팀 홀튼 사랑 때문이라고 그랬다. 이러저러한 이야기를 듣고 나이아가라 투어까지 하고 나니 투어 하길 잘했다는 생각이 들었다. 아마 자유 여행하던 우리는 이런 이야기가 듣고 싶었는지도 모르겠다.

캐나다에서의 짧은 일정을 끝내고 쿠바로 가기 위해 공항으로 향했다. 애초 캐나다에 온 이유는 나이아가라 보는 게 목표였기에 그걸로 충분했다. 전날 먹은 맥주 3잔 때문에 아침에 조금 늦게 일어났고 비록 술이 덜 깼지만 앞으로 쿠바에서의 일정이 기대되었다. 눈이 많이 와서 그런지 비행기는 한 시간 동안 뜨지 않았다.

토론토-멕시코시티-아바나. 드디어 쿠바에 도착하였다. 택시를 타고 시내로 향했다. 정보가 없기 때문에 일단 한국인들이 많이 가는 까사를 가야만 했다. 까삐똘리아에서 내려서 길을 헤매다가 다행히 2층에 있는 사람들을 발견했다. 열쇠를 던져주었다. 열쇠를 들고 집으로 들어왔다. 한국인들이 많이 머무른다는 호아끼나 까사에 도착했다. 여기는 빈방이 없다고 아주머니께서 이웃집 까사를 소개해 주었다. 시오마라 까사라는 곳이었는데 일본인들이 많았다.

밥을 먹을 겸 밖으로 나가보았다. 그러다 한 쿠바노가 보여서 일록이가 레스토랑이 어디냐고 물었더니 그 친구가 따라와라고 골목 식당을 안내해주었다. 그리고 밥을 두 개 시켜주었다. 30 쿡에 두

그릇이라고 하길래 맛있게 먹고 고맙다고 했다.(쿠바에는 현지인들이 사용하는 모네다와 외국인들이 사용하는 쿡이라는 화폐가 있다.) 그리고 쿠바노가 시가가 필요하냐고 시가 공장 가서 시가를 사면 된다고 해서 따라갔더니 시가를 보여주었다. 100 쿡으로 시가까지 구입하고 났더니 이번에는 자기 딸 우유값이 없단다. 우유 3리터짜리가 20 쿡이라고 하는데 20 쿡짜리가 없어서 10 쿡짜리로 줬다. 근데 생각해보니 현지 물가가 이렇게 비싸진 않을 텐데라는 생각이 들었다. 쿠바에 온 첫날부터 보기 좋게 당했다. 모네다로 판매하는 걸 쿡으로 사고 가짜 시가를 비싼 가격에 구입한게 되어버린 것이었다.

너무 황당하고 열받았지만 쿠바에서의 첫날이니 기분 좋게 넘어가기로 하였다. 환전소에 들려서 300 쿡을 환전하려고 했더니 액수가 너무 크다고 하여 40 쿡을 바꿨다. 모네다로 바꾸고 나니 쿠바의 물가가 느껴졌다. 정보 북에서 봤던 쿠바의 도시들 중 가고 싶은 몇 개의 도시들을 선택해서 가기로 했다. 그중 가장 멀리 있는 산티아고데 쿠바부터 차례차례 갔다 오기로 하였다. 아바나에서 산티아고데쿠바까지는 버스를 타고 14시간이 걸렸다. 예전 키웨스트를 갔던 게 생각났다 비록 운전은 안 했지만 덜컹거리는 버스 맨 뒷좌석에 앉아 가는 것도 엄청나게 힘들었다.

기껏 산티아고데 쿠바에 왔더니 딱히 볼 건 없었다. 정보 북에 적을 수 있다면 산티아고데 쿠바의 추로스는 맛있다고 적고 싶었다. 산티아고데에서 3일을 지내고 다시 트리니다드로 이동했다. 트리니다드의 까사에는 반갑게도 한국인이 있었다.

형들하고 같이 트리니다드의 동굴 클럽을 가기도 하고 바닷가에 가기도 하였다. 럼을 사 와서 까사 식구들과 함께 랍스터를 안주로 한 맛있는 저녁을 먹기도 하였다. 쿠바에서는 과거로 돌아간 듯한 느낌을 많이 받았다. 인터넷도 지정된 지역에서만 쓸 수 있었기에 그런 게 더 컸던 것 같았다. 10일간의 쿠바 여행은 금방 끝이 났다. 총 한 달여간의 미국 서부여행, 캐나다, 쿠바 여행을 끝내고 한국으로 가는 게 시원섭섭하게 느껴졌다.

1.

부의 추월차선을 읽고

미국 인턴생활을 하면서 〈부의 추월차선〉이란 책을 읽게 되었다. 나도 책에서 나온 말처럼 서행 차선이 아닌 추월차선으로 들어가 돈을 벌고 싶었다. 어떻게 하면 그렇게 돈을 벌 수 있는 시스템을 만들 수 있을까 하고 생각을 거듭하였다. 그러다 자고 있을 때도 방문자가 올라가는 블로그가 생각났다. 블로그는 내가 자고 있을 때나 화장실을 갈 때나 언제나 방문자가 올라가는데 블로그와 같은 공간이 돈이라면 참 좋을 텐데 하고 생각했다.

생각이 여기까지 미치자 잠이 오질 않았다. 블로그로 수익을 얻는 방법에 대해서 검색하기 시작했다. 하루는 꿈을 꿨는데 람보르기니를 타는 꿈을 꾸기도 하였다. 너무 생생한 꿈이었고 빨리 한국으로 돌아가서 블로그로 수익을 내는 활동을 해보고 싶다고 생각했다. 미국 인턴 생활을 끝내고 미서부 여행, 나이아가라, 쿠바 여행을 끝나고 집으로 돌아왔다. 집이 가장 편하다는 말이 새삼 실감이 났다.

친구들을 만나고 가족들과 시간을 보냈다. 그러면서도 미국에서 생각하던 1인 미디어를 실현시키기 위해서 고군분투했다. 여행을 하면서 찍은 영상들을 콘텐츠로 만들어내서 유튜브로 올리려 했는데 편집을 하는 과정에서 너무 시간이 오래 걸렸다. 영상을 더 빠르게 편집하기 위해서는 더 빠른 장비가 필요했다. 내가 가진돈 300만 원에서 100만 원으로 데스크톱을 샀다. 그리고 친구를 설득했다.

"진짜 이번에 함 제대로 해보자 1인 미디어라면 해볼 만하다 아니가 인터넷 방송해서 유튜브로 업로드하고 블로그로 그거 홍보하면 충분히 해볼 만하다."

"유튜브는 이미 포화상태다"

"아니다. 아직 충분히 할만하다. 내 믿고 함만 해보자."

"아니 난 뉴질랜드 워홀 하러 갈련다."

몇 번이나 나를 믿고 따라와 준 친구라 권유를 했지만 친구는 거절을 했다. 가까운 친구도 거절을 하니 난 이 길이 더욱 맞다고 믿게 되었다. 그리고 나를 믿고 몇 번이나 같이 인생을 살아온 친구에게 좋은 길을 안내해주고 싶었다. 호주 여행을 하러 간 친구가 돌아오길 기다리는 동안 나는 1인 미디어를 구축하기 위해서 밤낮 매달렸다. 블로그 포스팅으로 이것저것 테스트를 해보기도 했고, 낮에는 도서관에 가서 마케팅에 관한 책을 읽었다. 네이버에서 하는 다른 플랫폼인 포스트, 폴라도 시도하면서 틈틈이 여행에서 찍어온 영상을 편집해서 유튜브에 올렸다.

어느 날 친구에게 연락이 왔다. 예정보다 여행을 빨리 끝내고 돌아온다는 거였다. 친구와 만났다. 난 내 방에서 컴퓨터로 앞으로의 계획을 설명하였다.

"블로그 마케팅 배우고 블로그를 키우고 그걸로 사람들을 모으고 그리고 우리는 아프리카로 방송을 찍어 콘텐츠를 만들어 유튜브에 업로드하는 거지. 그러면 유튜브가 수익을 내줄 거고..."

쇠뿔도 단김에 빼랬다. 친구에게 설명을 하고 바로 서울에 있는 창현이에게 전화를 했다.

"돼지! 서울 가서 마케팅도 배우고 하려는데 니네 집에서 같이 살아도 되겠나?"

"응 온나"

돼지는 무리한 부탁에도 흔쾌히 수락하였다. 며칠 후 난 캐리어백에 데스크톱을 들고 병구랑 함께 서울로 상경했다. 서울에서의 목표는 다음과 같았다.

1. 몸짱 되기(프로필 사진 찍기)
2. 블로그로 돈 벌기
3. 1인 미디어 시스템 구축하기

먼저 미국에서 듣고 싶었던 강의를 들으러 갔다. 강의는 나에게 많은 자극을 주었다. 심화된 과정을 듣고 싶었는데 돈이 부족했다.

"돼지 오늘 강의 듣고 왔는데 심화 과정 들으려면 300이란다."

"에 비싸네 듣고 싶더냐?"

"응 근데 괜찮아서 들으려고 근데 내 100만 원 밖에 없어서 병구한테 100만 원 빌리고.."

"어 나도 그거 듣고 싶은데 내가 100만 원 낼게. 네가 듣고 알려줘"

그리고 강의를 듣게 되었다. 모르던 내용들이 많았고 난 열심히 수업과정을 따랐다. 아침에 일어나면 운동을 하고 운동을 하면서 콘텐츠를 만들고 돌아와 블로그 포스팅을 하고 불확실한 미래가 걱정되면 책을 읽곤 하였다.

서울생활과 함께 난 기획가로서도 기획을 하나 하고 있었다. 나는 타투이스트에 관심이 많아서 타투를 찾아보곤 했었는데 광주에 있는 한 타투이스트의 작업이 마음에 들었다. 서울에 올라가기 전 타투이스트 수강 관련해서 문의를 하고 광주에서는 알바를 할 것이 있나 찾다가 "광주 세계 청년축제"에서 청년 기획가를 모집합니다 라는 문구를 발견하게 된 것. 그래서 우연히 서류를 접수하였는데 합격해버렸다.

기획 팀이름은 FOP(Fashion or passion)의 약자로 정했다. 예전 UCS사업을 할 때 만나게 된 경환이와 함께 같이 팀을 이루어서 패션쇼를 기획해보기로 했다. 어차피 경환이는 패션사업을 계속하고 있고 난 기획이 한번 해보고 싶어서가 이유였다. 500만 원의 예산으로 집행하였는데 우리는 서울에서 광주를 왔다 갔다 해야 됐기 때문에 집행비 중 교통비로도 꽤나 많은 돈이 나갔다. 서울에서 보통 미팅을 하였는데 가장 먼저 행사를 어떻게 진행할 건지 회의를 했다. 패션 토크쇼와 패션쇼 런웨이 그리고 모델 원데이 클래스를 진행하자는 의견이 나왔다.

패션토크쇼를 진행하기 위해서 먼저 디자이너, 모델을 컨택하여 섭외를 확정 지었고 제품 지원을 받기 위해서 스폰 업체를 찾기 위해서 기업들에 전화를 돌렸다. 그렇게 3개의 기업에서 제품을 지원해주기로 하였다. 그리고 지역 패션쇼를 위해서 고민을 하던 중 보통 대학교에서 의류학과에서 졸업작품이나 패션쇼를 한번 하고 나면 쓰이질 않는 의상들이 생각났다. 페이스북에서 의류학과 사람들을 찾아 연락을 취했다.

그렇게 패션쇼에 쓰일 의상을 가까스로 확보를 하였다. 하지만 문제가 있었다. 의상은 있지만 무대에 올라 설 모델이 없었던 것. 원데이 클래스를 신청한 일반인들에게 기회를 주기로 했다. 하지만 신청하는 일반인들이 너무 적었다. 적어도 12명 이상은 되어야 공연이 되는데 턱 없이 부족한 숫자였다. 광주에 있는 한 모델 아카데미에 전화를 하고 부탁을 하였다. 그리고 끝내 모델 아카데미의 모델 지망생들을 확보할 수 있었다. 그렇게 가까스로 패션쇼가 진행되었다. 그리고 축제 첫째 날 프리마켓과 원데이 클래스, 패션쇼 런웨이를 진행하였고 둘째 날은 패션 토크콘서트를 진행하였다. 다행히 모든 게 성공적으로 이루어졌고 아주 멋진 추억이 되었다.

그리고 서울생활에서 제일 최우선이 되었던 헬스 아니 자세히 말하자면 멸치 탈출 프로젝트였다. 나는 어릴 때부터 마른 몸을 유지하고 살았다. 미국에서의 식습관 때문에 복부만 비만인 형태의 몸을 소유하게 되었는데 꼭 몸짱이 되어서 바디 프로필 사진을 찍고 싶었다. 서울에 있는 돼지는 헬스장을 운영하고 있었기에 무료로 헬스장을 다닐 수 있었다. 그래도 최대한 친구에게 피해를 주지 않기 위해서 수업하는 시간대를 피해서 새벽에 일어나서 가곤 하였다. 그렇게 3개월이란 시간이 흘렀고 나름 흡족할만한 몸이 만들어졌다. 그리고 프로필 사진을 찍어주는 스튜디오를 찾아봤으나 가격이 너무 비쌌다. 그래서 사진 찍기를 포기했다.

그렇게 3개월간의 서울 생활이 끝났다. 바디 프로필 촬영에 대한 아쉬움은 계속 남아있었다. 울산에서라도 촬영을 할까 싶어 검색을 하던 중에 울산에 있는 한 스튜디오의 블로그를 찾게 되었다. 지푸라기라도 잡는 심정으로 댓글을 달았다.

2.

성장 했구나

〈5〉 진로

"안녕하세요. 저는 〈프리한넘들의 프리랜서기〉라는 블로그를 운영하는 오재영이라고 합니다. 이번에 친구와 바디 프로필을 찍기 위해서 열심히 준비하였으나 재정적인 문제로 못 찍고 있습니다. 제가 가진 거라고는 이 블로그가 전부이지만 바디 프로필을 촬영해주신다면 확실하게 홍보해드리겠습니다."

그리고 며칠 뒤 댓글이 달렸다.

"한번 연락 주세요."

그렇게 스튜디오와 연락을 할 수 있게 되었다. 처음에는 바디 프로필을 찍으려 하였지만 바디 프로필을 찍기에는 몸이 많이 부족하였기에 그냥 블로그를 위한 콘셉트 촬영을 하며 바디도 찍는 방식으로 결정했다.

"저희는 조금 특별하게 찍고 싶어요. 자유를 열망하는 죄수의 콘셉트이었으면 좋겠어요."

그리고 촬영 당일이 되었다. 촬영은 예상과 다르게 아주 재밌었다. 사진작가님이 우리의 생각과 콘셉트를 너무나도 잘 알아주셨기에 재밌는 촬영을 할 수 있었다. 몇 년 전부터 버킷리스트에 있는 촬영을 끝내고 나니 그 행복함은 말로 표현할 수 없었다.

3개월간의 서울 생활을 끝내고 울산에 내려왔다. 이제는 학교 복학을 다시 생각해야 될 때였다. 4학년 1학기는 해외인턴쉽으로 대체된 터라 4학년 2학기로 복학해서 기계과의 공업 수학과 졸업 작품 그리고 조금의 디자인 학점을 채우면 됐었다. 난 디자인 수업을 듣고 계절학기를 통해서 공업수학을 들어야겠다는 계획을 세웠다. 복학을 하려니 선 복학이라는 제도 때문에 서류를 제출해야 된 다고 하였다. 서울에 있을 때 그 얘기를 들었는데 제 때에 제출하 지 못해서 복학을 못하게 되는 불상사가 일어났다. 결국 한 학기를 강제 휴학당하고야 말았다.

학교 복학 준비에 맞춰서 모든 걸 준비하고 있었던 터였다. 어느 날 국제교류원 공지를 보고 나서 통화를 하고 있었다. 선생님은 이 번에 동아리를 만들건대 외국인 도우미도 오래 했고 국제교류원 시스템을 잘 알고 있는 나보고 회장을 맡는 게 어떻게냐고 권유하 셨다. 외국인들을 도와주는 일이라면 자신 있었기에 나는 흔쾌히 알겠다고 말했다.

회장이 돼서 제일 처음으로 한 일은 지원자들 면접을 보는 일이 었다. 지원한 사람들의 이력을 보고 외국인 도우미들과 함께 면접 을 실시했다. 그렇게 8명의 멤버를 뽑았다. 아무것도 갖춰지지 않 은 동아리라 모든 걸 갖추어야 됐다. 예전 사진동아리에서 임원진 을 했던 게 많은 도움이 되었다. 먼저 조직을 구성했다. 회장, 부 회장, 총무, 학술부, 홍보부, 문화부, 복지부로 나누었고 각 자리에 멤버들이 들어갔다. 이로써 울산대 외국인 교류회가 창설되었다. 동아리의 이름은 어느 날 갑자기 나왔다. 머리에 떠오르는 Hang out with us(우리 같이 놀자)를 줄여서 HOW.U(하우유)가 어떻냐 고 말하다가 자연스럽게 그 이름이 동아리의 이름이 되어버렸다.

동아리를 조직하고 제일 처음 한 일은 청소였다. 예전 사진부 회 장을 했을 때랑 동일하게 청소가 가장 시급해 보였다. 우리가 사용 하게 될 글로벌 라운지를 가장 먼저 청소하고 가구 배치를 새로 했다.

그리고 울산대에 오는 외국인 학생들이 학교생활에 정착할 수 있도록 도움을 주는 것이 우리의 임무였으므로 많은 활동과 더불어 이벤트를 기획하였다. MT, 핼러윈 파티, 영화의 밤, 발담금, 한글 벗, 식문화 페스티벌, 체육대회 등을 기획하였다. 그중 가장 기억에 남는 기획은 핼러윈 파티이다. 다른 행사들과는 다르게 일 년에 딱 한 번만 진행하는 행사라 그런지 준비하는데 손이 많이 갔다. 글로벌 라운지를 핼러윈 분위기가 나도록 꾸미고 코스튬을 할 수 있도록 분장 도구들을 준비하고 행사 전 리허설까지 해보기 위해 일요일 모이기도 하였다. 행사 당일 리허설과는 다르게 하나도 제대로 된 게 없지만 100여 명이 넘는 다양한 국적의 인원들이 모여서 핼러윈 파티를 즐겼다. 그 이후 핼러윈 파티는 하우유 행사의 하나로 자리 잡아 지금까지 계속 이어지고 있다고 하는데 그 얘길 들으니 한편으로 뿌듯했다.

하우유와의 한 학기는 금방 지나갔다. 한학 기간 글로벌 라운지에서 근무를 하며 일본어 공부와 시간이 나면 틈틈이 책을 읽었다. 퇴근을 하면 헬스장으로 출근을 했다. 그리고 헬스 트레이너로서 시간을 보냈다. 이렇게 한 학기, 그리고 겨울 방학까지 지나갔다.

서울에서의 생활 뒤 바뀐 게 있다면 블로그의 힘이었다. 서울에서의 1인 미디어, 그리고 마케팅을 위한 기나긴 여정 끝에 토털 30만 명이 들어왔던 블로그는 200만 명으로 바뀌어 있었다. 달라진 게 있다면 친구와 나는 블로그를 이용해서 블로그 제안서를 만들어서 다른 사업체에 제안을 하고 있다는 것이었다.

그러던 어느 날, SNS에서 피트니스 쪽으로 아주 유명한 한 기업과 컨택이 되었다. 친구가 보낸 메시지 덕분이었다. 울산에서 한번 미팅을 하기로 하였다. 그때부터 수십장이 되는 블로그 사업에 관한 제안서를 만들고 환영의 인사로 미니 현수막을 만들기도 하고 나름 많은 준비를 하였다. 그리고 미팅을 하게 되었다. 원래는 그 기업에서 판매하는 제품들을 블로그에서 위탁 판매하는 형식 그리고 협업하는 형식으로 마케팅을 하자고 제안하는 것이 우리의 계획이었다. 밥을 먹고 카페로 옮겨서 이야기를 하던 중이었다.

"그런데 두 분은 목표가 뭐예요?"

"저희는 원하는 일을 하면서 세계일주를 가는 게 목표입니다."

"두 분이서 그런 목표를 같이 가지고 있어서 열정이 넘치시나 보군요."

"1인 미디어는 어떻게 해서 알게 되었나요?"

"제가 미국에 있을 때 〈부의 추월차선〉이란 책을 읽었는데 그때 돈을 버는 방식에 대해서 다시 한번 생각해보게 되었습니다."

"두 분은 저희와 협업을 하실 분들이 아니에요. 이런 말이 어떻게 들리실지 모르겠지만 저희랑 같이 일을 하시는 게 어때요?"

얘기를 나누시던 대표님이 갑자기 우리에게 스카우트 제의를 하셨다. 정말 뜻밖의 제안이라 한편으로 당황하기도 했지만 내심 기분이 좋았다. 우리가 지금까지 해왔던 생활들을 처음으로 누군가에게 인정받는 기분이었다. 조금 더 생각을 하고 답변드린다고 하였다. 친구랑 많은 얘기를 나누고 난 뒤 난 학교를 끝내는 게 맞다고 생각하였다. 그리고 친구는 스카우트 제안을 받아들여서 일을 해보기로 결정하였다.

2017년 첫 학기. 드디어 4학년 2학기로 복학하게 되었다. 디자인 수업으로 졸업작품을 준비하고 기계과 수업으로는 용접 공학을 들었다. 너무 거리가 먼 전공들이라 집중하기가 힘들었다. 디자인 수업을 위해서는 발표해야 될 일이 많았다. 그리고 한 주마다 진행되는 과정을 보여줘야 되었는데 모든 작품이 스스로 해결해 나가는 과정이라서 힘들었다. 이때는 오히려 정확하게 답이 나오는 공대생의 리포트 같은 게 그리웠다.

 어느 정도 졸업작품 길을 찾아가자 마음의 여유가 생겼다. 그러자 학교를 졸업하기 전 한번 해보고 싶은 게 생각났다. 평소 학교를 졸업하기 전 '꼭 한번 해봐야지 ' 하고 생각하던 게 있었는데 그건 바로 학생 강연이었다. 하우유를 같이 했던 오욱이와 함께 하우유에서 강연할만한 친구들을 찾았다. 그리고 연주, 주현이, 현우, 민정이와 함께 강연을 준비하게 되었다.

 졸업작품 전시를 준비하면서 학생 강연도 준비하고 여러모로 바빠서 잠을 제대로 자지도 못했지만 이제 곧 학교생활이 끝난다는 생각에 힘들지 않았다. 그리고 졸업전시 날 전시와 함께 학생 강연까지 하게 되었다. 너무 급하게 준비해서 이게 잘될까 생각도 했지만 예상외로 많은 사람들이 와주었다. 평소 남들 앞에서 발표도 잘하지 못하던 내가 많은 사람들 앞에서 강연을 할 수 있다는 게 그저 신기했고 뿌듯했다. 그리고 모든 짐을 날려버린 것만 같아 기분이 무척이나 좋았다.

3.

끝나지 않은 대학생활

⟨5⟩ 진로

4학년 2학기가 끝 이날 시점 여름방학을 이용해서 들으려고 했던 공업수학은 끝내 뜨지 않았고 공업수학 한 과목 때문에 난 졸업하지 못하였다. 5학년 1학기를 들어야만 했다. 4학년 2학기가 끝나가던 어느 날 국제교류관을 지나가다 한 포스터를 보았다. 창업선도대학이라는 곳에서 창업팀을 모집한다는 것이었다. 하우유에서 같이 활동했던 오욱이와 연주에게 얘기를 했는데 애들도 관심이 있다고 하였다. 그렇게 급하게 서류를 준비하고 UVENGERS라는 이름으로 창업 팀을 만들었다. 유벤져스는 울산 어벤저스라는 이름의 팀이었다.

울산에 있는 외국인들에게 온/오프라인으로 플랫폼을 제공해주는 사업을 하는 것이 사업목표였다. 오프라인으로는 울산대 앞에 복합문화매장을 만드는 것을 목표로 하였고 온라인으로는 웹사이트를 하나 새로 구축하겠다고 적었다. 면접에서는 울산대학교 외국인 지원 동아리인 하우유에서 활동해온 것들이 인정되어서 심사위원들에게 좋은 평가를 받을 수 있었다.

그리고 여름방학이 되며 바뀐 게 있었다. 은행에서 연락이 왔는데 소상공인 대출로 빌렸던 자금을 갚아야 된다고 하였다. 예전 창업을 하면서 빌렸던 돈이라 졸업을 하고 취업을 하게 된다면 갚으면 되겠거니 하고 잊어버리고 살고 있었는데 빌린 지 2년이 되어 갚아야 되는 시기가 온 것이다. 그것도 은행에서 전화를 받고서야 알게 됐다. 난 닥치는 대로 일을 해야만 됐다. 주말에는 현대자동차에서 일을 하고 일이 끝나면 춘자비어에서 일을 했다. 평일날은 외국인 도우미 일을 하고 있었지만 기간 내에 돈을 다 못 모을 것 같았다. 그래서 일을 하나 더 구했다.

바로 맥도널드였다. 맥도널드에서 맥 라이더로 일을 하는 것이었다. 이 일을 구함으로써 총 4개의 일을 하게 되었다. 2학기 등록금을 포함해서 필요한 돈이 총 600여만 원이었다.

3개월 동안 4 잡을 하면서 버텼다. 일하고 자고 밥 먹고 일만 했다. 미리미리 모아 뒀으면 이렇게 힘들지 않게 일을 하지 않아도 되었을 텐데 일만 하려니 스트레스를 많이 받았다. 돈 때문에 스트레스를 많이 받았다. 그래도 끝끝내 570여만 원을 만들었고 모자란 돈은 학자금 대출을 해서 남은 빚을 갚고 등록금도 다 낼 수 있었다.

여름방학이 끝나기 전 일본 도쿄에 있는 메지로대학교의 넥스트팀과 하우유의 교류활동으로 메지로대학교에 방문하는 일정이 있었다. 이는 각 대학교 외국인지원팀이 1년 전부터 기획한 만남이었다. 8월 5일 일본으로 출발하는 날. 맥도널드에서 퇴근해서 짐싸고 누웠더니 이미 새벽이었다. 씻고 일어나서 버스 앞으로 갔다. 내가 제일 늦었다. 모두에게 미안하단 인사를 하고 출발을 했다. 신복로터리를 돌고 있는데 안 선생님이 다들 여권 챙겼지라고 묻는다.

"저 여권 없는데요. 여권 선생님이 들고 있는 거 아니에요?"

버스를 급히 돌렸다. 알고 보니 여권을 미리 나눠 줬는데 각자 챙기고 남은 여권은 글로벌 라운지 서랍 안에 있었다고 했다. 어쨌든 여권은 챙겼으니 공항으로 가면 된다. 잠을 못 잤지만 잠이 오지 않아 책을 좀 읽었다. 환전을 따로 하지 않았기에 환전을 해야겠다고 생각했다. 짐을 잠시 놔두고 환전하러 환전소에 갔는데 지갑이 없다.

안 선생님한테 말했더니 기사 아저씨한테 전화를 해주셨다. 다행히 아저씨가 김해공항을 빠져나가지 않고 계시다고 하셨다. 버스로 뛰어가서 지갑을 찾아왔다. 아저씨가 말씀하셨다.

"불안한데, 일본 가서 본인 잘 챙겨요."

"네"

환전을 끝내고 어렵게 일본으로 갔다. 탑승수속을 하는데 지문 찍고 나가려는데 지문인증이 계속 실패했다. 쿠바에서 돌아온 뒤 한국에서 일을 많이 했나 하고 생각했다. 담당하시는 분이 가끔 지문이 안 찍힐 때도 있다고 하셨다. 일본에 도착했다. 숙소에 짐을 풀었다. 이튿날까지는 따로 일정이 없었기에 자유일정이었다.

도쿄에 와있는 레이랑 만나기로 해서 레이를 만나러 갔다. 레이는 예전 울산대에 교환학생을 온 일본인 친구인데 면접 때문에 도쿄에 와있다고 했다. 레이와 규동 집에서 규동을 먹고 커피 한잔하면서 얘기를 나눴다. 레이랑 헤어져 숙소로 돌아왔다. 쉬다가 생일이 있는 소영이와 하우유 멤버들과 숙소에서 간단하게 술자리를 했다.

다음날 점심으로 츠케맨을 먹으러 갔다. 안 그래도 더운 날씨에 걸어가서 더웠지만 츠케맨 맛은 너무나 맛있었다. 메이지신궁을 잠시 구경하고 규동 집에서 밥을 먹은 뒤 숙소로 돌아왔다. 저녁에는 울산대 기숙사 4인실에서 같이 살고 있던 대만인 친구 덕생이와 덕생이 여자 친구, 여자 친구의 동생과 함께 신주쿠에서 만나기로 했다. 덕생이는 노미호다이를 예약해두었다고 하였다. 노미호다이란 곳은 처음 가봤는데 2시간 동안 음료와 술을 무제한으로 먹을 수 있었다. 안주도 평소에 먹지 못하는 것들이 많이 나와서 사진을 찍어대며 열심히 먹었다.

도쿄에서의 이틀 일정을 뒤로하고 우리의 숙소가 있는 메지로 캠퍼스로 가기 위해서 시마네현으로 이동해야 되었다. 역에 마중 나온 넥스트팀 덕분에 학교에는 잘 도착할 수 있었다.

학교에 도착해서 넥스트 측이 준비한 행사들을 하나씩 하였다. 자기소개를 하고 아이스브레이킹을 위한 일종의 게임 같은 것도 하였다. 저녁 만들기로 카레를 만들었는데 하우유와 넥스트가 같이 팀을 나누어서 재료 준비부터 요리까지 같이 진행하였다. 저녁을 먹고 나서 일정이 있었지만 기상악화로 인해서 못하게 되었다. 그래서 일정이 비어서 하우유 멤버들끼리 술을 마시면서 시간을 보냈는데 이때 넥스트 측과 시간을 보내지 못한 것이 안타까웠다.

넥스트와 함께하는 일정 두 번째 날은 신주쿠에 있는 메지로대학 캠퍼스를 구경하는 것이었다. 넥스트에서 미리 짜준 팀들과 함께 이동해서 캠퍼스 투어를 끝냈다. 저녁은 샤부샤부 집에 가서 먹었고 숙소로 돌아와서는 불꽃놀이를 했다. 일본에 있는 일정 동안 며칠 안 되지만 우리 하우 유팀과 추억을 만들기 위해서 일정을 많이 계획한 것을 보니 참 고마운 생각이 들었다.

마지막 날 일정으로 우리는 다 같이 도쿄의 스카이트리를 방문했다. 도쿄의 시내가 한눈에 보이는 전망대에 서있자니 지난 2개월간 4 잡을 하며 돈을 모았던 기억들이 스쳐 지나갔다.

복수전공으로 하는 시각디자인 졸업작품도 잘 끝냈고 기계공학 수업도 잘 끝냈으며 2015년도에 만들었던 570여만 원의 소상공인 대출도 다 갚았다. 다음 학기 공업수학만 끝내면 학교는 졸업이 가능하고 졸업 후에 취업을 해서 학자금 대출은 갚으면 되었다.

'돈 때문에 힘들었던 나만의 슬럼프는 이것으로 끝이다.'

일본에서의 짧은 일정들을 뒤로하고 한국을 컴백했다. 8월은 국제교류원에 한국어 한국문화연수가 있는 달이다. 한국어 한국문화연수는 일본에 있는 학생들이 일정기간 동안 울산대학교 기숙사에 살면서 활동들을 하는 프로그램이다.

나도 파트너로 신청해서 일정을 소화해야 되었다. 알바를 하고 있었지만 대부분의 활동은 오전에 이루어지므로 상관이 없을 듯했다. 경주 불국사를 가는 일정이 있었는데 성인이 되고 나서는 불국사를 갈 일이 잘 없었기에 외국인의 눈으로 불국사의 아름다움을 볼 수 있었던 시간을 가질 수 있었다. 예절학교에 가서 한복을 입기도 하고 북 치고 장구 치는 것을 배우기도 하였다. 한국에 살면서 나도 잘 모르는 것들이 많은데 연수 프로그램에 참여해서 많은 것을 배울 수 있는 시간이었다.

짧으면 짧고 길다면 긴 대학생활 총 8개의 학기 동안 정말 많은 일들이 있었고 많은 것들을 배울 수 있었다.

끝이 났으면 했지만, 공업수학이란 과목 한 개 때문에 5학년 1학기가 남아 있었다.

4.

졸업을 앞두고

〈5〉 진로

열정과 도전사이

방학이 되어 계절학기가 되면 공업수학을 신청하려고 하였다. 하지만 매번 계절학기마다 공업수학이 없었다. 결국 졸업할 때까지 그 상태가 지속되었다. 5학년 1학기를 신청하고 공업수학을 들어야 졸업자격요건이 되었다.

2017년 9월, 공업 수한 한 과목 때문에 난 5학년 1학기를 하게 되었다. 하지만 취업계가 있다는 걸 알게 된 후로 취업계를 내고 일을 해야겠다고 생각하게 되었다. 울산사람이라면 한 번씩은 일한다는 현대자동차에서 촉탁직을 하겠다고 마음을 먹었다. 그리고 거기서 모은 돈으로 사업을 하던 일본에서 취업을 해야 되겠다고 생각했다. 현대자동차 촉탁계약직에 지원을 했다. 그리고 면접을 하러 와라는 문자를 받았다.

삭발을 하고 있는 상태라 면접이 조금 당황스럽긴 했지만 정장을 입고 면접을 보러 갔다. 면접은 단체면접으로 이루어졌다.

"자기소개와 자신의 강점과 약점을 부탁드립니다."

그리고 관련 일 해본 사람이 있냐고 묻길래 미국에서 인턴 일을 해본 경험이 있다고 말했다. 그 후 면접은 촉탁직이 끝나고 나서 앞으로의 계획에 대해서 말해달라고 하였다.

"사업자금을 모아서 사업을 할 겁니다."

"자신감을 되찾고 다른 직장에 지원해보겠습니다."

등등 다른 면접자들이 말했다. 내 차례가 되었다.

"저는 모은 돈으로 세계일주를 하고 싶습니다."

분명 생각으로는 사업자금을 모으는 거라고 답변해야지라고 생각하고 있었는데 나도 모르게 세계일주란 말이 나와 버렸다. 이어서 면접관은 면접하는 법에서 간단하게 말했다.

"면접은 자기 PR을 하는 곳입니다. 조금 더 PR에 집중들 하세요. 오늘 면접 보느라 수고 많으셨습니다."

면접은 끝났고 며칠 후 합격하였다는 소식을 전화로 받게 되었다. 교수님 사인을 받고 취업계를 냈다. 교수님은 수업을 빠지는 대신 책에 있는 예제와 연습문제를 전부 다 리포트로 적어서 제출하라고 하셨다. 현대자동차는 2교대 근무로 주간 야간 근무가 있는데 주마다 돌아가면서 근무를 했다.

일을 하면서 리포트를 하는 것은 생각보다 쉽지 않았다. 하지만 졸업을 해야 되기에 교수님과의 약속이었기 때문에 묵묵히 해나갔다. 하는 일은 어렵지 않았다. 보통 알바들이 하는 일로 도어가 오면 도어를 고정시키는 홀더를 꼽는 일을 했다. 근데 내가 가고 설비가 새로 설치되어서 시간이 남게 되었다. 그 시간과 추석 연휴를 이용해서 공업수학을 집중적으로 할 수 있었다. 한 달여쯤 일을 했을까 다른 공정 업무로 보내지게 되었다.

자동차 도장 업무로 가기 전에 비닐로 차체를 감싸는 작업이었는데 테이프를 뜯어서 준비해주는 일을 했다. 계속 반복되는 작업에 손가락 살갗이 스치기만 해도 아팠다. 나중에 알고 보니 내 공정 업무가 두 사람의 업무였다.

나를 2 공정 자리에 넣고 그로 인해 생긴 한 타임의 공백을 번갈아 가면서 쉬면서 일을 하는 아저씨 아주머니들을 보고 있자니 분노가 치솟아 올랐다. 아니 아주머니 아버지가 아닌 우리 사회에 분노가 치솟아 올랐다. 하지만 기간이 제한이 있는 촉탁계약직이기에 서러움을 찾으며 일을 해야만 했다. 정규직 자리는 하늘의 별따기처럼 힘들고 촉탁직으로 일을 하게 되어 같은 공장 안에서도 서열이 나누어져 있게 되는 상황이 싫었다.

청년들의 실업률이 높아지는 이유를 단순히 일자리가 줄어들어서 그런 줄로만 알았는데 전 세계적으로 베이비붐 세대에 의해 일자리가 없어지게 된 것이 사회적 현상이라는 글을 읽었을 때는 아마 우리나라도 몇 년 뒤면 이웃나라 일본과 같이 일자리가 생기게 될 것이라는 생각을 했다. 결국 일본의 잃어버린 20년에 속한 세대들처럼 우리나라에서 가장 피해 보는 세대는 어느 세대일까 까지도 생각해 보게 되었다. 그리고 어차피 사회는 바꿀 수 없고 사회에 적응해 내가 성장하는 방법 밖에 없다는 건 이 후 몇 년이 지나서야 알게 되었다.

난 또다시 다른 공정 업무로 이동하게 되었다. 원래는 1차 벤더 회사에서 하는 공정 업무였는데 아무것도 모르는 나를 포함한 촉탁직 4명에게 떠 넘겨졌다. 실러를 도포해서 방음, 방수 작업을 하는 것이었다. 며칠에 걸쳐서 막무가내로 배웠더니 얼떨결에 혼자서도 할 수 있게 되었다. 혼자 작업을 하면서 공장의 대량생산시스템에 대해서 많은 생각을 하게 되었다.

우리는 컨베이어 벨트 시스템으로 인해서 대량생산을 하게 되었다. 예전 호주에서도 컨베이어 벨트 시스템이 도입되어있는 양 공장에서 일을 했던 경험이 있다. 그때 돈을 벌 때와 한국의 컨베이어 시스템이 도입된 공장에서 돈을 버는 것에는 다른 점이 있었다. 호주에서는 공정 업무의 강도에 따라서 시급이 측정되어 있었다.

신체적으로나 정신적으로 힘이 든 작업, 위험한 작업이라면 돈을 더 많이 받았고 상대적으로 쉬운 작업이라면 시급이 낮게 측정되어있었다. 하지만 한국은 달랐다.

 한국은 공정이 더 어렵던 쉽던 돈을 똑같이 받았다. 그래서 쉬운 일은 보통 오래 근무한 경력이 있는 사람이나 흔히 말해 줄을 잘 서는 사람, 아니면 인맥이 좋은 사람들이 하곤 했다. 아무리 컨베이어 벨트 시스템이더라도 호주와 같이 능력으로 자기 실력을 인정받을 수 있는 시스템이라면 공장에 활력이 생길 것이라고 생각한다

 (한국도 그런 것이라면 내 의견은 무시해도 좋다. 조금 더 표시가 나도록 해줬으면 좋겠다.)

 일을 하면서 쉬는 시간에 틈틈이 공업수학 리포트를 하여서 제출하였고 끝나지 않을 것 같던 5학년이 끝났다. 졸업 작품도 공업수학도 어느 것도 내 졸업을 막지는 못하였고 그렇게 2008년부터 2018년까지의 대학생활을 끝낼 수 있었다. 이제 대학을 졸업하고 사회로 나가야 되는데 일단은 사업이 하고 싶었다. 그리고 졸업을 앞두고 내 졸업식 날 대학교 앞에 복합 문화공간을 오픈할 계획을 하고 실천으로 옮겼다. 겨울 방학 동안 일이 끝나면 매장 인테리어를 위해서 가게로 갔다.

 플랜 B로 사업이 제대로 되지 않는다면 일본에서 직장생활을 하기 위해 일본어 공부도 틈틈이 했다. 그리고 마침내 졸업식 날이 되었다. 졸업식은 일 때문에 참가하지 못했다. 친구들과 부모님을 불렀고 부모님과 친구들과 학사모를 쓰고 사진을 찍었다.

에필로그

2017년 12월 7일 어느날.

엄마에게 갑자기 카톡이 왔다. 아무래도 아들이 또 남들과 다른 길을 걷는다니 걱정이 많았을 것이다.

'예전 남들과 다른 길을 선택하고 비슷한 결과까지 오는데 이렇게 긴 세월을 보냈는데, 내가 지금 선택하는 길은 언제 또 증명하나' 라는 생각이 들었다.

이제는 엄마에게 아빠에게 증명하려 살려고 하지 않을 거다. 그냥 난 내가 선택한 길에서 오는 하루의 기분을 최대한 즐기며 살아갈 것이다.

예전 어디서 들었더라, 졸업할 때 취업하고 여자친구 있으면 금메달, 취업했으면 은메달, 여자친구 있으면 동메달이라고, 그렇게 치면 난 대학10년동안 메달 하나 따지 못했구나 생각했다. 그러다 문득 그들만의 리그와 나의 리그가 다른게 아닐까하고 생각도 했다.

2월10일 졸업파티를 기획했다. 〈대학10년〉이라는 책을 발간하려고 그렇게 기획했지만. 굳이 서두를 필요가 있나 싶었다. 정말 파티의 처음 기획처럼 지인들과 지나간 세월 얘기하며 술 한잔 하면 그걸로 된거 아닌가?

이제 곧 아빠가 환갑이다. 이렇게 세월이 빠를 줄이야.

졸업을 하며 앞으로의 목표 아니 각오라면 그래도 32살에는 눈에 보이는 성과를 내고 싶다는 거. 그리고 끝까지 포기하지 않겠다는거..

공식적인 학생신분이 끝나고 또 다른 학생으로써 사회10년을 시작하기에 앞서 이 카톡이 항상 내 초심을 잡아주기를...

항상 학생이기를

2018.01.31.

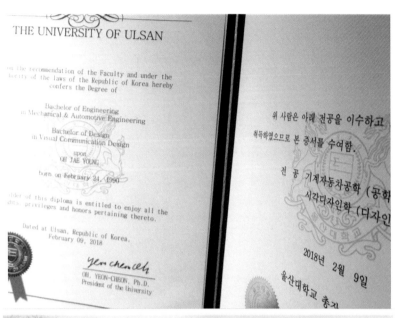

열정과 도전사이